恋の代役、おことわり！

目次

恋の代役、おことわり!

1

「な・つ・き・ちゃーん♪」

――週末はすぐ目の前という金曜日の夜。

リビングのソファでうたた寝をしていると、わざとらしいほどの猫なで声で、陽希《はるき》がわたしの名を呼んだ。

その声の異様さにぱちっと目を開ける。視界に、顎《あご》の下で両手を組み、上目遣いをしている陽希の姿が飛び込んできた。

アーモンド型の二重《ふたえ》の瞳に、小さい鼻と唇。

アイブロウペンシルでしっかりと描かれた眉は、本来曲線的なラインを形作るそれとは違い、眉尻に向かってまっすぐ伸びている。けれど、それ以外は毎朝わたしが鏡で覗く顔とほぼ同じ。

――そう。わたし那月《なつき》と、目の前にいる陽希は、双子の姉妹なのだ。

その陽希の表情を見た瞬間、脳裏《のうり》に嫌な予感が過《よぎ》る。ついつい眉間に力を入れてしまいながら、

「……何？」

と短く返事をした。

「やだー、何かテンション低くなーい？」

「別に。いつも低いけど」

リアクションに乏《とぼ》しく大人しいのがわたしの平常であると、陽希が一番知っているはず。というか、逆にそっちは妙にテンションが高いじゃないか。普段出さないようなトーンの声なんて出して。

そっけなく答えつつ、これはいよいよ、よからぬことが起こる兆《きざ》しであるという確信を得る。

「わたしに頼みごとでもあるの？」

陽希はわたしに面倒ごとを押し付けるとき、必要以上に馴《な》れ馴れしい行動に出る。大方、今回もそんなところなのだろう。

「やぁだ、わかっちゃった？」

「バレバレだよ」

わたしのことを最も理解しているのが陽希であるように、おそらく、他の誰よりも陽希を知っているのはこのわたしなのだから。それくらいはわかる。

「――で、何？」

仕事から帰ってきて疲れていたので、無駄なやり取りは極力省《はぶ》きたい。

結論から先に言わせるべく促《うなが》すと、陽希はニンマリとした笑みを浮かべて言った。

「あたしの代わりに、ある人と会ってほしいの」

「はぁ!?」

上体を起こして、陽希の顔を凝視する。

だけどわたしのおどろきなどものともせず、彼女は同じ表情のまま口を開いた。

「いやー、こないだ高校の同窓会あったじゃん？　あんたが行かなかったヤツ」

「……あぁ。そういえば、あったね」

『同窓会』という単語にモヤっとした感情を抱いてしまい、答える声の響きが重くなったのが自分でもわかった。

「ああいう場所で久々に会うとさ、当時何とも思ってなかった男子の友達がミョーに頼もしく見えちゃったりするわけよ。で、つい、『近いうちご飯でもしよ』って誘っちゃったの」

「ふたりで？」

「そう」

「……」

またか。

わたしは小さくため息をついた。

彼女の名誉のために弁解しておくと、何も陽希は男好きで、誰彼構わず誘ってしまう悪女——というわけではない。

ただ、オープンすぎるのだ。陽希は、人付き合いに男女の隔《へだ》たりというものがあることを、一切意識せずに生きてきた。そのため、男女がふたりで会うことに対して、何の特別感も持ち合わせていない。

だから、おそらく今回も、ただ単に雰囲気が変わって見えたその男の子ともっと話してみたいと思ったのだろう。陽希にとって、ごくごく単純な動機に違いない。

……それを軽い女と呼ぶのであれば、まあ、そうかもしれないのだけれど。

「自分で誘ったなら、責任持って行ってきなよ。相手にも悪いじゃない」

思いつきとはいえ、会うと決めたのは陽希なのだ。なぜわたしが巻きこまれなくてはいけないのか。

「うーん、それがさあ」

なにがおかしいのか、忍び笑いでスマートフォンの画面を見せてくる陽希。

画面には、某超人気ロックバンドのライブの当選を知らせる文言が書かれていた。

「ふっふっふ。まさか取れるとは思ってなくて！」

陽希の言う通り、このバンドのライブチケットはなかなか手に入らないことで有名だ。

わたしはさほど詳しくないけれど、陽希が学生のころから追い掛けているので、情報としては知っている。

いつも喉から手が出るほど欲しいと切望するそれをゲットしたからには、思い付きでしてしまった約束なんて眼中にもないのだろう。

「じゃあ断りなよ。用事ができたからって言えばわかってくれるんじゃない？」

「えーだって、仕事が忙しいのにわざわざ時間作ってくれてるの知ってるから、今さら断り辛いんだもん。もう明日だし」

陽希がそう付け足すので、再びスマホの画面に目を向ける。

チケットの詳細が書かれている欄には、四月十六日——明日の日付がのっていた。思わず目を瞠《みは》る。

「っていうか、明日のチケットが取れてるのを、今確認したの？」

「うん」

悪びれずに頷《うなず》く陽希。

ちょっとちょっと。いくら何でも、それは遅すぎるんじゃないだろうか。

「取れると思ってなかったって言ったじゃん。いつも地方のチケットしか取れないから、都心でやる今回のは最初から諦めてたの！」

わたしの心を読んだかのように言い訳を述べると、陽希はちょっと得意そうに胸を張った。

……いや。それでも確認くらいはしようよ。

わたしはわざと、さっきよりも深いため息をついて言った。

「だからって代わりにわたしが行けばいい、とはならないでしょ」

「それが一番角が立たないな～と思って。こんなこと、那月にしか頼めないもん。わかるでしょ？」

またもや妙な上目遣いをしながら、わざとらしく何度も目を瞬《しばた》いてくる陽希。

「子供のころ、たまーにやったじゃない。入れ替わりごっこ。あれ、もう一度やってみない？」

「今幾《いく》つだと思ってんの」

ごっこが通用する歳じゃないのは、陽希だってわかっているはずだ。

イラつきながら言うと、

「二十五」

だなんて大真面目な返事が返って来て、よけいゲンナリする。

今のは嫌味《いやみ》のつもりだったんだけど。

「とにかくお願い！　あたしがライブに行けて、且《か》つ相手にも迷惑を掛けない最善の方法はこれしかないの！　ね、一生のお願い!!　あたしの代わりに会ってきて！」

「陽希の一生のお願いは聞き飽きたよ。それに、陽希にとっては最善かもしれないけど、わたしにとっては大迷惑だってわかってる？　相手だって、そうだよ」

調子のいい陽希の『一生のお願い』は、新たな困難がやってくるたびに更新されていく。

何だかんだ言いつつも結局聞いてあげてしまうからか、こんな風に無茶な要求までしてくるようになるとは。……さすがに甘やかしすぎただろうか、と後悔の念が過《よぎ》った。

「そんな意地悪言わないで～。可愛くて美人な那月ちゃーん。今日も抜群にいい女だよ♪」

陽希はここぞとばかりに、心の籠《こも》っていない褒め言葉を羅列《られつ》する。……あのねえ。

「同じ顔の陽希に言われても、全然心に響かないんですけど」

呆れたという感情をすこしも隠さず、ぶっきらぼうに言い放ってやった。

姉の陽希に、妹のわたし。

我が平野《ひらの》家に誕生した一卵性双生児のわたしたちは、遺伝子の型が同じなので、顔も背格好もほぼ一緒だ。

あまりあり得ない状況だけど、すっぴんで裸ならば、わたしたちがどちらであるのか、両親でさえほぼ見分けられないだろう。

普通に生活していても、わたしたちを生んだ実の母親が間違うことがあるのだから。

相手が他人となればなおのこと。入れ替わってもそう簡単に気付かれることはない。

だから陽希は、こんな無謀とも思える提案をわたしに持ち掛けてきたのだ。だけど――

わたしは、一度咳ばらいをしてから続けた。

「真面目な話、子供のころみたいに上手くはいかないと思うよ。わたしたちと会ったことがある人なら、話せばすぐに別人だってわかるだろうし」

瓜二つなわたしたちの決定的な違いが、性格だ。

陽希はというと、自由奔放で、大胆な性格。すぐに他人の懐《ふところ》に入っていくことができるから、友達も多い。

対してわたしは、引っ込み思案で思ったことを素直に表現できない性格だ。ひとりでいるのが落ち着くのと、不器用なのとが相乗して、人付き合いには消極的。親しい友達も少ない。

陽希が行ったと話していた同窓会も、その開催を知ったのは陽希に回ってきた連絡を又聞きしたからだったりする。

双子というと、混乱が生じるために別々のクラスに振り分けられそうだけれど、わたしたちの通っていた私立高校は、三年次には希望進路によるクラス分けをしていた。なので、最後一年、わたしたちふたりは同じ教室で生活していたのだ。

いずれにせよ、高校時代の知り合いなら、陽希とわたしが双子だということも知っているのだから、対面した雰囲気から、すぐにバレてしまうに違いない。

「大丈夫だってー。高校卒業してからかなり経ってるし、同窓会だってこないだのが初めてだったんだから。一回くらいならなんとかごまかせるでしょ」

大好きなバンドのライブが明日に迫っているとあって、頭の中がお花畑な陽希は、かなり楽観視しているようだった。

「大体、わたしだって暇じゃないんだよ？　せっかくの休みだっていうのに」

「へー、珍しい。何か予定あるの？」

「……あ、明日は、特にないけど」

「『明日も』でしょ」

訂正されて、ぐっと言葉に詰まる。

休みの日はランチだの飲み会だのでスケジュールが埋まっていないと気がすまない陽希と違い、わたしは家でひとり、静かに過ごしていることが多い。

彼女はそれを知っているからこそ、こんな提案をしてきたのだろう。……決めつけられるのも何か、しゃくだ。

「ね、那月。何て言っても顔はそっくりなんだし、心配すること何もないって！　那月は行動するより先に、いろいろ考えすぎなんだよ。昔からのクセだよね」

弱った様子を見せてしまったわたしに、陽希はここぞとばかりに追撃してくる。

「それに付き合いが長い友達ならともかく、芳賀《はが》くんとはそこまで仲がよかったわけじゃなかったし、多分気付かれないよ」

「……芳賀くん？」

「そう。芳賀くん――芳賀至《いたる》くんって覚えてる？　その人が、明日約束してる相手」

「……」

芳賀くん――芳賀至くん。

陽希の口から飛び出してきた名前に、心臓がどくんと大きく跳ねた。

「那月？　どうしたの？」

「ううん、なんでもない」

けれどわたしは、それを悟られないように小さく首を振ってみせる。

そして、この話を打ち切るつもりでソファから立ち上がると、毅然《きぜん》とした態度で続けた。

「――陽希の気持ちもわかるけど、やっぱり代わりに行くっていうのはどうかと思うよ。断るよりもそっちのほうが失礼だって思うし」

「えー、ちょっと待ってよ、那月」

「ごめん。今回ばっかりは、陽希のお願いを聞くわけにいかない」

依然として余所《よそ》行きの声で追いすがって来る陽希を、振り払うようにしてリビングを出た。そして駆け足で、二階にある自分の部屋に向かう。

「……」

中に入ると扉を閉め、奥にあるベッドにぽすんと腰を下ろす。

高校を卒業して七年。再び芳賀くんの名前を耳にするなんて思ってもみなかった。懐かしさとともに、当時の彼の、爽《さわ》やかな笑顔が脳裏《のうり》によみがえる。

芳賀くんは、いつでもクラスの中心にいた人だ。

頭がよくて、スポーツも万能。明るいけれど軽薄という印象はなく、友達も男女ともに多かった。同じクラスにいて、彼の悪い評判は聞いたことがない。

そういう頼もしい存在だったから、もちろん女の子にも人気があった。同級生だけでなく、先輩や後輩の中にも彼を慕っている女の子がたくさんいるという噂も聞いていた。

そしてわたしも——そんな彼を好きな女の子のうちのひとりだったのだ。

さえなくて地味《じみ》なわたしに対しても、他の子と分け隔《へだ》てなく優しく、朗《ほが》らかに話し掛けてくれる。そういう彼の、思いやりがあるところにずっと好感を持っていた。

生まれてから二十五年間。付き合った男の人はおろか、好きな人さえろくにできなかったわたしにとって、貴重とも呼べる淡い恋の記憶だ。

ううん、恋とも呼べないくらいの、完全一方通行の幼い想いは、憧《あこが》れと言ったほうが正しいのかもしれない。

——芳賀くんは今、どんな男性になったんだろうか。

閉じた瞼《まぶた》の裏を、高校時代の彼の様々な表情が駆け抜けていく。

同じクラスでも、まったく違うグループに属していたわたしたちの接点は極端に少なかった。

けれど、わたしには彼との間にひとつだけ、思い出と呼べる出来事があった。

高校三年生の冬、雪が降っていて、とても寒かったある日。

憧《あこが》れの芳賀くんを無意識に目で追っていたわたしは、彼の体調があまりよくないであろうことに気付いていた。

休み時間に彼の楽しそうな笑い声が聞こえてはいたけど、そこにはあきらかに疲労が滲《にじ》んでいた。

授業中でさえ、倒れたりしないだろうかと様子を窺《うかが》ってしまうくらいに。

そして忘れもしない、午後の最後の授業である古文の時間のことだ。彼はゆっくりと、弱々しい所作で手を挙げた。

『体調が悪いので、保健室に行ってきていいですか』

そう訴える彼の顔色は、明らかに悪かった。

先生が頷《うなず》くが早いか、わたしは、

『保健室まで付き添います』

と言って、彼を教室の外に連れ出したのだ。

身体が勝手に動いてしまうという感覚を、このとき初めて知った。

確かにわたしは保健委員で、体調の優れない生徒に手を貸すことはあった。けれど、それはその場にいる先生や他の生徒に指示されたり、助けを求められることにより反応するわけで、こんな風に自ら動いたりなんてしたことがなかったのに。

『具合、大丈夫？　……風邪？』

わたしが訊《たず》ねると、彼は一度頷いてから申し訳なさそうに言う。

『授業中なのに、ごめん』

『ううん、気にしないで』

わたしが勝手に付いてきてしまったのだから。

あわてて首を横に振って答えると、彼は小さく笑って、

『ありがとう』

とお礼を言ってくれた。

『……辛かったら肩、貸すよ』

足取りの怪しい彼にそう申し出ると、彼はすこし返事に困ったように思案してから、控えめに身体を預けてくる。

『カッコ悪いけど……それじゃ、ちょっとだけ、いい？』

もしかしたら、内心では女の子に力を貸してもらうなんて――というプライドとの葛藤《かっとう》があったのかもしれない。けれど、それをしんどさが上回ったのだろう。

『もちろん』

わたしは彼の右腕を自分の右肩に回すと、左手で彼の腰を支えるようにして、廊下を歩き出した。

腕や腰から伝わってくる体温は、自分よりもずっと高いように感じた。きっと、熱があるせいだろう。

わたしたちの教室は二階で、保健室は一階にあった。なので、階段を通らなければならない。

『しっかり掴まってね。体重、掛けていいから』

彼がわたしになるべく負担を掛けまいとしているのはわかっていた。けれど、階段のように段差がある場所ではそうもいかない。

遠慮はしなくてもいい――そんな意思をこめてわたしが言うと、彼もその気持ちを受け取ってくれたようだ。上段から下段へと歩を進めるときに、右肩や、左手に掛かっていた重みが増した。

階段を下り、どうにか突き当たりの保健室まで辿り着いて扉を開ける。

人の気配はなかった。中を見渡し、養護の先生を探すも姿は見えない。

入り口に置いてある、『現在はここにいます』という、先生の居場所を示すホワイトボードには、走り書きで『印刷室』と書かれていた。

『先生、いないみたいだけど……ベッドで寝ていて大丈夫だと思う』

奥に三つ並んだパイプベッドのうち、一番左側に彼を座らせた。

それから彼にベッドに寝るように言って、掛け布団を掛ける。

『芳賀くんは休んでて。わたしが先生に伝えておくから』

『……いいの？』

『うん』

ただでさえ授業を抜けてきているのに――と、芳賀くんはやはり申し訳なさそうだった。

だけどやがて、彼は安心したようにふうっと弱々しい息を吐く。

『……平野』

わたしの名前を呼んで、そして。

『……本当に、ありがとう』

口元に小さな微笑を浮かべ、目を閉じた。程なくして、穏やかな寝息が聞こえてくる。

わたしは、その規則的に刻まれるリズムを聞きながら、彼の寝顔を見つめた。

きりっとした眉。色濃く長い睫《まつげ》。スッと通った鼻筋に、小さめの唇。

普段だったら眺めることのできない無防備な彼の表情に、現実感が遠のく。

そして、今さらながら、ここに来るまでの自分の行動の大胆さを思い知った。

彼を支えているときは必死すぎて何とも思わなかったけれど、身体と身体が触れ合うほどに密着していたのだ。

そう意識すると、急に首から上が熱くなった。

普段男子と手が触れることなんてなかったから、何だか自分がいけないことをしてしまったような気になる。

その日からしばらくの間は、彼の顔を見るたびに、触れ合ったときの熱い体温がよみがえってきて、恥ずかしさから心の中で奇声を上げたりしたものだ。

……でも、彼との思い出は、ただそれだけ。

介抱したあとに何か発展があったわけではない。お互い、ただのクラスメートのまま、卒業式を迎えた。

わたしにとっては男子――しかも、自分が憧《あこが》れていた人――と触れ合った、貴重な出来事だったたのだけど、彼にとっては特に心に留まることのない、日常の一ページにすぎなかったのだろう。

遠い記憶に思いを馳《は》せつつ、わたしは深呼吸をするように大きく息を吸い、吐き出した。

正直なところ、陽希が約束を取り付けた相手が芳賀くんだと聞いて、全く気持ちが揺れなかったわけじゃない。

一方的にとはいえ、好意を抱いていた男の子だ。興味があるかないかで言えば、もちろんあるに決まっている。

でも……もし彼に会ったとしても、きちんと話せる自信なんてなかった。

ましてや、わたし――那月として会いに行くのではなく、陽希として会わなければならないのだ。そんなの無理に決まってる。

「ねー、那月ちゃぁあん。開けていい？」

扉の外から陽希の声がして、思考がその場に引き戻された。懲《こ》りずに追い掛けて来たらしい。

「……何？」

何度頼んでも無理なことは無理なのに。冷たく反応すると、戸惑いがちに扉が開いた。

そして、わたしの様子を探るような気弱な笑みを顔面に貼り付かせて、扉の陰から陽希がひょっこりと顔を出す。

「ごめんねー、いつも那月ちゃんには頼み事してばっかりで、本当に悪いな～とは思ってるんだよー？」

「……それで？」

おどけた口調からはあまり真剣みを感じなかったけれど、それはいつものことだから、まあよしとしよう。

先を促《うなが》すと、陽希は大きく扉を開き、その場に両膝をついて座り込んだ。そして、両手のひらを顔の前でぱちんと合わせる。

「この通り！　今回だけは相手の都合もあるし、どーしても代わりに行ってほしいの！　那月、いや那月ちゃん、那月さん、那月さま！　お願いします！」

大声でわたしの名前を唱えながらそう叫んだかと思うと、深々と頭を下げた。

「ちょ、ちょっとやめてよ陽希っ」

「これで那月さまが頷《うなず》いてくれるなら、安いもんだよ。お望みとあらばいくらでも土下座します！」

「えええっ⁉」

普段なら、自身のペースを崩さないはずの陽希が、どういうわけか必死に拝み倒してくる姿に、ちょっとおどろく。

「だからお願い！　ねっ、これで何とか！」

「ははー」なんて戦国時代の家臣よろしく付け足しつつ、頭を床にくっ付けようとする姉を見て、つい、

「わかったってば！」

——と、口にしてしまった。

陽希がそれまで下げていたはずの頭を上げ、わたしの顔を見ながらニヤリと笑みを浮かべた。

しまった。やたら下手《したて》に攻めてくると思ったら、今回はそういう作戦だったのか！

気付いたところで、一度口にしてしまった言葉は引っこめられない。

「ありがとう〜〜！　さすが那月さま！　大好き！」

「こ、今回だけ。本当の本当に、今回だけだからね！」

陽希は待ってましたとばかりに飛び上がり、わたしの首元に抱き付いてきた。

あーあ。またうまく乗せられてしまった。

憎たらしいと思いつつ、最終的にはいつも彼女の言うことを聞いてしまう自分にも嫌気がさす。

「それじゃあ、作戦会議しよっ、作戦会議♪」

陽希は首に回していた手を解いてわたしの腕を取った。

「さ、作戦会議？」

「そ。明日はあたしとして振る舞ってもらわないといけないんだから。今までやりとりしたメッセージとか、同窓会のときに話した内容とか、情報共有しておかなきゃいけないことがたくさんあるでしょ」

「まあ、確かに……」

「明日着ていく服とか、使うコスメとかもあたしのマネしてもらわなきゃならないし。そっちは普段から見慣れてるかもだけど、一応確認しておいてほしいからさ」

「はぁ……」

——その夜は日付が変わってからもずっと、明日の約束を乗り切るためにと、陽希からの指導を受け続けたのだった。

2

「……こんなものかな」

鏡に映る自分の顔に違和感を覚えながら、口の中で呟く。

緩《ゆる》くカーブを描き、眉マスカラで薄茶に染めた眉に、茶系のグラデーションのアイシャドウと太めのアイライナーでガッツリ塗りつぶした目元。リキッドの上に薄くパウダーを重ねたファンデ。やや高い位置につけたピンクオレンジのチークと、サンゴのように健康的なリップで纏《まと》めた顔立ちは、間違いなくわたし、那月——ではなく、姉の陽希だった。

普段のわたしは、こんなガッツリメイクはしない。というのも、とある中堅商社営業職の陽希と違って、わたしはオフィスで働いているわけではないからだ。わたしの職場は、地元の駅の外れに佇《たたず》む小さな花屋。

力仕事が多く化粧が落ちやすい環境だからと、メイクを特に気にしたこともなかった。

そんな手抜きメイクのわたしから言わせれば、この陽希仕様はちょっと手が込みすぎというか、ゴテゴテしすぎなように思う。確かに華やかだけど、裏を返せば派手《はで》派手しい。

鏡を見て感じた違和感の正体はそのせいか、と納得した。

「那月、できた？」

陽希の部屋で陽希のメイク道具を借りて化粧を終えたわたしは、声を掛けられて振り向く。

「やーだ、まさにあたしじゃない！　かーわいい♪」

わたしのと同じタイプのベッドの上から機嫌よさそうに話す陽希は、まだノーメイク。まるで普段の自分を見ているような気持ちになって、違和感が加速する。

「服は何着ていけばいいんだっけ？」

「えっとねえ、そこのクローゼットの一番手前に入ってるやつ。開けてみて」

ベッドのとなりにある白い扉のクローゼットを顎《あご》で示されたので、立ち上がって開けに行く。

そして陽希の言うとおり、一番手前のハンガーに掛かっていた服を抜き出した。

「春っぽくて、いい感じのワンピでしょ」

ベースが薄い黄色で、小花柄がプリントされているシフォン生地のワンピース。わたしだったらまず選ばないデザインだな、と思う。

わたしたちは性格だけでなく、好みも全く違った。陽希が明るく派手《はで》なものが好きなのに対し、わたしはどちらかというと地味《じみ》で落ち着いたものを好む。

今彼女が寝転がっているベッドも、品物こそ同じだけれど、つけられたカバーはショッキングピンクの生地に黒いレースがついたもの。わたしの部屋にある、ベージュのギンガムチェックのカバーとは比較にならないほど存在感がある。

これで生活すると気分がアガる——なんて言っていたっけ。わたしは、毎日使うものだからこそ、ソフトな色合いのほうが居心地よく感じるのだけど……

「何よ、その不満げな顔は」

「いや、不満てわけじゃないけど……。これ、下にトレンカとか穿《は》いていいの？」

「はぁ、トレンカ？」

陽希が、あからさまに嫌そうな顔をした。

「ワンピの下は素足《すあし》が基本でしょ」

「えっ、素足？　無理無理」

今度はわたしが目を瞠《みは》り、ぶんぶんと首を横に振った。

スカートを穿くときはタイツかトレンカがないと落ち着かないわたしにとって、何も穿かないという選択肢は心細すぎる。

「ああ、那月はいつも穿いてるもんね――でもトレンカなんておばさんみたいだから、あたし穿かないよ？」

「おば……」

サラッとした物言いが、心にグサっと刺さる。

「今日は陽希として出掛けるわけだから、そういうのはやめてよね」

「ええっ、そんな！」

「どうしても何か穿きたいっていうなら、ベージュのストッキングにして。それなら許す」

「……わかった」

陽希はわたしと違って、ファッションに対する拘《こだわ》りが強い。陽希を名乗って外に出る以上、きっと彼女は譲らないだろうと踏んで、しぶしぶ受け入れることにした。

「那月はあたしと一緒でスタイルいいんだから〜。隠そうとしなくたっていいんだよ！」

「よく言う」

何が『あたしと一緒で』だ。

自分にそこまで自信が持てるのは、いっそうらやましい。

……まあ確かに、買おうと思った服がサイズ的に入らないとか、そういうことはないから、わたしたちの体形はそれなりなのだと思う。

陽希イチオシのワンピースに着替えると、鏡に映る自分はますます陽希にしか見えなくなる。

鎖骨が出る、ウエストの切り替えがやや高めのデザイン。身体のラインがもろにわかってしまうこの服を着るのには、まあまあ勇気がいると思う。なのに、陽希は何なくこれを着こなすのだ。

「バッグはこれ使って。それと、靴は玄関のわかりやすい場所に置いてあるから」

渡されたのは、陽希がいつも愛用しているブランドの白いトートバッグだった。

「それに化粧直し用のポーチ入れるの、忘れないでね」

さっきまでわたしが悪戦苦闘していたローテーブルの上を指して、陽希が言う。

「わかった」

「さすがに財布とか他の私物までは、あたしのにしなくてもいいでしょ。会った同窓会の一回で、相手がそこまで覚えてるとは思えないし。覚えてても逆にキモいしね」

「あはは、それはそうかもね」

それに、使い慣れたものまで陽希のに替えると、かえってボロが出そうだ。

「……で、昨日も言ったけど、スマホは『調子が悪くなっちゃったから、今修理に出してまーす』で凌《しの》いでね」

「うん」

最も陽希のものと入れ替えづらいだろうアイテムが、スマホと携帯電話だ。

芳賀くんが連絡先を交換しているのは陽希なわけだけど、陽希のプライベートな情報が満載のそれを、わたしが管理するわけにもいかない。ではどうしようかと考えて、この案に至ったわけだ。

ちなみに陽希はスマホで、わたしはガラケーだ。

「でも、約束の時間の直前に連絡があったらどうするの？　ちょっと遅れる～、とか」

「んー、それは平気。『これから修理に出すよ～』って先手打ったから、時間通りに来てくれるはず」

「そういうところは、相変わらず抜け目ないね」

「褒めてくれてありがと♪」

「別に褒めてるわけじゃないけど。……三時半か。そろそろ出ようかな」

「え、もう？」

壁に掛かった時計で時間を確認して言うと、陽希がぎょっとした顔をする。

芳賀くんとの約束は午後五時。軽くお茶でもしてから、そのあと飲みに行こう、という流れだ。

自宅から待ち合わせ予定の駅までは、徒歩の時間を入れても絶対に一時間以内で着く。でも、陽希である自分に慣れておきたかったし、待ち合わせに携帯を使ってやりとりできない以上、早めに着いておいて悪いことはないだろうと考えてのことだ。

「うん。ヒールってあんまり履かないから、余裕もって出ないと」

まだどんな靴を用意されているかは知らないけれど、陽希はほぼヒールしか履かないから、おそらくそうなのだろう。

「わかった」

陽希はそう言うと、ベッドから起き上がってわたしの顔をじっと見つめた。そして、にこっと邪気のない笑みを浮かべる。

「――いってらっしゃい！　悪いけど、よろしくね！」

「……うん。頑張って来る」

「あたしも、ライブに向けて支度《したく》しなきゃ♪」

不安と緊張でいっぱいのわたしとは逆に、陽希は期待と興奮でフワフワしている。

わたしは一度自分の部屋に立ち寄り、白いトートバッグに荷物を詰め替えると、階段を下りて玄関に向かう。

「あら、陽希。出掛けるの？」

そのとき、リビングから出てきた母親と顔を合わせた。

やはり、今のわたしは陽希にしか見えないらしい。

一瞬、自分が那月であることを説明しようかとも思ったけれど、そうすると今日の約束の件まで話が及びそうな気がして、やめた。

「いってきます」

「いってらっしゃい、気を付けてね」

玄関に揃えて置いてあった白いシンプルなパンプスを履くと、わたしは後ろめたさから、やや急ぎ足で家を出た。

天気は晴れ。薄く散った雲から差し込む、春の柔らかい日差しが心地よい。

つい最近までまだ肌寒かったけれど、ようやくぽかぽかと、暖かくなってきたように感じる。

駅に向かう道の途中、頭の中で陽希から聞いた芳賀くんの情報をおさらいする。

芳賀くんは某有名私立大学を卒業後、第一志望だった総合商社の営業マンになったらしい。名前を聞けば誰もが知っている会社だ。わたしも、陽希から聞いたときはびっくりした。大学を卒業すると同時に、都内でひとり暮らしをはじめ、現在三年目。

恋人は、大学時代まではいたものの、現在はいない。何でも、仕事が忙しすぎて作ろうという気にならないのだとか。

陽希が芳賀くんに興味を持ったきっかけは、百パーセント間違いなく、芳賀くんの勤めている会社名だろう。彼のことを狙っている、というのではなく、一応同業者として、トップクラスに位置するその会社名が気になったはず。とはいえ、またふたりで会おうという話になったのは、陽希も営業職をしていて、『職種が同じ者同士、その理不尽《りふじん》さや大変さを語り合おうよ♪』――と誘ったかららしい。

実に陽希らしい、軽いノリで決定した約束だったのだ。

「……あー、大丈夫かな」

駅が近づくにつれ、足取りが重くなる。本当に陽希のふりなんて、できるんだろうか。

陽希と入れ替わるのはこれが初めてというわけではない。小さいころは、ちょっとした思いつきでお互いに入れ替わったことが何回かあった。

だけど、この歳になってもう一度入れ替わりたいと言われるなんて、思ってもみなかったのだ。

しかも、陽希の代わりに男の子と会うだなんて。正直、荷が重すぎる。

片想いしているってわけじゃないにしても——陽希本人が『飲みに行くだけ！』なんて言い張っているとしても。

男女が一対一で会うのだから、これって……デートとも呼べちゃうわけだよね。

そもそも、デートってどうやってするの？

——と、陽希に訊《き》こうと思って、とうとう訊けなかった。

二十五年間彼氏なし。デートの経験どころか、男の人と出掛けたことすらなし。

男友達だって当然いない。

こんなわたしが、まともなデートなんてできるはずがない。

だから、陽希に教えを乞おうと思ったけれど……いくら双子とはいえ、恥ずかしかったのだ。

最寄駅から都心へ向かう快速電車に乗り、途中のターミナル駅で乗り換えて三十分程度。待ち合わせの駅に到着する。

ここは有名企業のオフィスが立ち並ぶ場所だ。一方で個人経営のカフェやバー、飲食店なども多く、わたしの中では『オシャレな街』という印象もある。

芳賀くんの勤める会社もこの近くにあると、陽希から聞いていた。

待ち合わせ場所は、駅前の広場らしい。わたしは、腕時計でまだ時間に余裕があることを確認してから、駅構内のトイレに向かった。

陽希なら、男の人と会う前に化粧直しは欠かさないはず。

自分が望んだ状況ではないけれど、引き受けてしまったことに変わりはない。だからわたしは今、那月ではなく陽希なんだから。彼女になりきらなければ。

わたしは陽希、わたしは陽希――と、心の中でぶつぶつと繰り返しつつ、じっくりと時間を掛けすぎるくらいに掛けた化粧直しを終えて、改札を出る。

改札のすぐ向かい側が、例の駅前広場だ。大きな噴水があり、その周りをぐるりと囲むようにベンチが並んでいる。

わたしは改札の正面からちょうど真裏に当たる場所を選ぶと、そこに腰掛けて深呼吸した。

うう……どうしよう。約束の時間が迫って、ますます心細くなってきた……

陽希にならなきゃ。そう強く自分に言い聞かせたけれど、不安は恐怖心となり、どんどん膨らんでいく。

「あぁ……どうしよう」

心の叫びが唇からこぼれた。そのとき――


「どうかした？」

正面よりやや上、額《ひたい》に向かって声が降って来た。

この声、知ってる――と、瞬間的に思った。わたしの記憶の中にあるそれよりも、すこし低くなった印象はあるけれど、きっとそう。

顔を上げると、そこには、かつてのわたしの憧《あこが》れの人がいた。

きりっとした眉。色濃く長い睫《まつげ》。スッと通った鼻筋に、小さめの唇。

まだ少年っぽさがあったあのころよりも、大人びてはいるものの――間違いない。芳賀くんだ。

「あっ……あ」

まさに心の準備に入ろうとしていたところだったので、動揺を隠せない。

彼を見上げたまま、うっすらと口を開けたまま言葉を紡《つむ》げないでいるわたしの様子がおかしかったのだろう。芳賀くんが、くすっと笑みをもらす。

「久しぶりだな。めずらしくアワアワ言ったりして、どうした？　平野」

「あっ……」

そうだった。わたしは那月じゃなくて陽希。

ノリがよくて親しみやすい双子の姉なんだから！

「ううん、ま、まだ待ち合わせの時間よりだいぶ早かったから、びっくりしちゃって」

いつもよりもワントーン高い声を意識し、精いっぱいの笑顔で答えながら、視線を腕時計の文字盤に落とす。定刻の十五分前だ。

「ああ、癖《くせ》なんだよ」

「癖？」

「仕事で得意先に行くときとか、必ず時間に余裕を持って行くようにしてるから。普段も、そういう癖がついたっぽい」

「なるほど……」

そういうところ、キッチリしてるんだな。商社の営業さんだもんね。

「平野だって同じなんだろ。俺が言うのも何だけど、こんなに早く来るなんて」

「あ、あはは……そうかも」

残念ながらそこは彼とは事情が違うのだけど、声を立てて笑い、ごまかしてみる。

ちなみに本物の陽希は、待ち合わせの時間から二、三分遅れてくるタイプだ。同じ営業職とはいえ、やはりそういった習慣は性格が大きく関係しているのだと勉強になる。

「――ほ、ほら。今日は携帯――スマホがなかったから、そういうのも不安になって」

痛いところを突かれたからって、たじろいじゃいけない。今日のわたしは陽希だって自分に言い聞かせたばかりじゃない！

陽希なら、もっとハキハキ受け答えしないと。

「そうだ、スマホ修理に出したって。不便だろ、大丈夫か？」

「うっうん、すぐ戻って来るから平気」

「そっか、ならいいけど」

心配そうに眉を下げていた芳賀くんは、わたしが慌てて返事をすると、ふっと表情を和《やわ》らげた。

「――で、とりあえずカフェに入ろうって話だったと思うんだけど……悪い、ちょっとお願いがあって」

「何？」

「俺、今日何も食べてないんだよな。すごく腹減ってるんだけど、いきなり飲み屋でもいい？」

「あ、うん、もちろん」

「サンキュ。助かる」

芳賀くんは嬉しそうにニッと笑うと、「立って」とベンチに座るわたしを促《うなが》した。

「じゃ、行こうぜ。こないだ言ってた店も、この時間なら空いてる」

「うん」

わたしはこくんと頷《うなず》くと、彼の横に並んだ。

何だか、変な感じがする。こんな風に、芳賀くんとふたりで街を歩く日が来るなんて思ってもみなかった。

横目で彼を盗み見ながら、しみじみと思う。

……顔立ちもそうだけど、雰囲気もかなり大人っぽくなったなあ。

わたしのよく知る高校時代の制服姿ではなく、ベージュのチノパンに、白いシャツとカーディガン、それに茶系の革靴。シンプルだけど、洗練された出で立ちだ。

ヘアスタイルは、高校のころとそんなに大きくは変わらないけれど、やや短くなったように感じる。仕事柄、清潔感を大事にしているのかもしれない。

駅前広場から三分と離れていないごく近い場所に、そのお店はあった。

ランチタイムはカフェ、ディナータイムはダイニングバーという形を取っているお店だった。

店内はハワイアンなイメージに纏《まと》められていて、一目見ただけでそこがハワイ料理のお店であることがわかる。

「最初、ビールでいい？」

店内の奥まった場所にあるベンチ席に向かい合わせに座るなり、彼が訊《たず》ねてきた。

「あー、ビールはちょっと」

あの、何とも言えない苦味が苦手なのだ。そう思い告げたのだが、彼は「へえ」なんて意外そうに目を丸くした。

「こないだの同窓会ではビールばっかり飲んでたくせに」

――しまった。陽希はビールが好物なんだった。

「あ、えっと……最近ビールばっかりだったから、たまには違うのにしようかなって」

「ふうん」

苦しい言い訳かと危惧《きぐ》したけれど、杞憂《きゆう》だったようだ。芳賀くんは全く気に留めた様子もなく、頷きながらフードのメニューに目を通している。

「適当に頼んで平気？　いくつかオススメあるからさ」

「うん、もちろん」

オーダーの一切を任せると、彼はいくつか選んで注文してくれた。

「……ここ、よく来るの？」

アロハシャツを着た店員さんが去っていくのを眺めつつ、訊《き》いてみる。

「会社の同期会とかで何回か来たかな。この通路の先に大人数用の個室があって、そこのソファが居心地いいんだ」

「へえ」

そんな会話を交わしているうち、ふたり分のドリンクを持って店員さんが戻って来た。

芳賀くんは生ビール、わたしはカシスオレンジ。それぞれが、手前にあるコースターの上に置かれた。

「じゃ、お疲れ」

彼がそう言ってグラスを持ち上げたので、わたしも同じようにグラスを持ち上げ、その縁《ふち》に軽く当てた。

「お疲れさま」

乾杯を合図する動作なのかどうか、半信半疑だったけれど。合っていてよかった。

……男の人とふたりきりで飲みに来るなんて、生まれて初めてだよ。緊張する。

「こうしてふたりで飲みに来るって、変な感じ」

「……わた——あたしも」

同じ感情を抱いていたのでいつもの調子で頷《うなず》きかけるも、すぐに訂正する。

陽希は自分のこと、あたしって言うんだった。こういうところも、気を抜いちゃいけない。

「高校のころって、そこまで平野と喋《しゃべ》ってなかったよな」

「うん、そうだと思う」

グラスを口に運びながら頷く。陽希も芳賀くんもクラスで目立つ存在だったけど、グループが違ったので、話しているところはあまり見たことがなかった。

クラスでも発言の少ないわたしも、もちろんそう。

「っていうより、高校のメンツと飲みに行くこと自体、あんまりないかも」

「そうなの？」

「うん――」

彼はそう答えつつ、手にしていたグラスを呷《あお》ってから、すこし寂しそうに続けた。

「大学の友達ともごくたまに、かな。土日も仕事で時間作れなかったりするから、歯がゆい思いもするんだけど……まあ仕方ないよな」

「その……そんなにハードなんだね、仕事」

「ん、昼間は外回りで、それが終わったら会社に戻って書類仕事だからな。すっかり仕事人間って感じ」

「ちゃんと休めてるの？」

「休めるときは。普段できない家のこととかやって終わる日もあるけど」

「そっか。でもすこしでも休めてるならよかった」

『仕事が忙しいのにわざわざ時間作ってくれてるの知ってるから、今さら断り辛いんだもん』

なるほど、陽希がそう言っていた理由がわかった気がする。

忙しさに追われる彼がせっかく確保してくれた時間を、「やっぱり無理です」なんてアッサリ断るのは、さすがに申し訳なさすぎる。

「平野のとこはどう？」

「あたしは……」

自分の職場のことが脳裏《のうり》に浮かぶ。

最近よく見掛けるオシャレで可愛い雰囲気の『フラワーショップ』ではなく、完全地域密着型の『花屋』。店頭は飾り気のないガラス張りで、生花保存用の冷蔵庫がガッツリ丸見えの、ひたすら地味《じみ》な花屋がわたしの職場だ。

お客さんは顔見知りの人たちばかりだし、無茶な注文もほとんどないから、忙しさとは無縁。店番も一日の大部分をひとりで任されていて、気楽に働ける。

強《し》いて言えば、お客さんの多い日は立ちっぱなしだから、足腰が辛いときもあるけど――芳賀くんの激務と比べてしまうにはあまりに申し訳ない。

「ま、まあまあかな。たまに休日出勤もあるけど、そんなに多くはないし」

わたしは頭の中にある花屋の光景を掻《か》き消しつつ、陽希のスケジュールを思い返して答えた。

忙しい時期もあるけれど、ちゃっかりと自分の時間を確保しているように見受けられる。今日みたいに、好きなバンドのライブに行ったりとか、こんな風に誰かと飲みに行く約束をしたりとか。

「お互い大変だな」

「あたしは、芳賀くんほどじゃないけど」

「そんなことないだろ」

芳賀くんがくくっと喉をならして笑う。

「――そういえばさ」

話題を切り替えるように、彼が声の調子を上げた。

「う、うん」

答えながら、わたしは再びグラスを口元に運んだ。緊張のせいか、何だか今日はやけに喉が渇く。

「平野って、確か妹いたよな？」

「っ！」

口に含んでいたカシスオレンジを吐き出しそうになったけれど、こらえた。その代わり、お酒が変なところに入ってしまったらしく、咳き込んでしまう。

「おい、大丈夫か？」

彼は店員さんを呼んでおしぼりを頼み、むせるわたしに差し出してくれた。

「ごほっ……あ、ありがとうっ……」

「いや、それはいいんだけど」

一通り落ち着いたところで、再び芳賀くんが訊《たず》ねてくる。

「同じクラスでさ――妹の名前、何だっけ？」

「……那月っていうんだけど」

「ああ、そうだよな。懐かしい」

そしてわたしの名前を聞いた瞬間、納得したように一度頷《うなず》いてから笑った。

「『平野』って呼び掛けると、両方同時に振り向いたりしたよな」

「そうそう」

よく似た『平野さん』がクラスにふたりいるのは、さぞかしややこしかったろう。

とはいえ、先生や一部の仲のいいクラスメートは、わたしたちのことを『陽希』『那月』と呼び分けていたから、そこまで不便ではなかったのだけど。

あまり縁がなかったとはいえ、わたしの名前くらいは覚えていてくれているかな、と期待していたのだけど、やはりそんなことはなかったか。ちょっとガッカリだ。

「妹は元気？」

「うん、元気にしてるよ」

たった今、こうして会話を交わしながらお酒を飲んでいるのがその那月のほうだなんて知ったら、芳賀くんはどう思うだろう。

わたしは内心でそんなことを考えながら、何食わぬ顔で答える。

「そっか」

芳賀くんは視線をちょっと遠くにやると、昔を懐かしむように笑った。

「しかし、平野たちほど名は体《たい》を表してるのも珍しいよな」

「え？」

「陽希に那月。太陽と月ってことだろ。陽希はけっこう賑《にぎ》やかにしてた印象だけど、那月は大人しかったもんな」

「……」

彼が放った言葉に、わたしは口を閉ざしてしまう。

わかってる。きっと芳賀くんに悪気なんてないってことは。

でも——

『那月ちゃんと陽希ちゃんて、全然似てないね』

幼稚園、小学校、中学校、高校。どの時代の知り合いにも、必ず言われてきた言葉だ。

そしてその知り合いは、最後に必ずこう付け足す——『顔はこんなにそっくりなのにね』と。

わたしと陽希は、似ているようで全く似ていない。それはまるで対《つい》を成す太陽と月のように。

自ら光を発して輝ける太陽と、何かの光を受けずには輝くことのできない月。

ふたつを比較するたび、わたしは陽希に助けられている存在だと意識せずにはいられなくなる。

「平野？」

呼び掛けられて、自分が俯《うつむ》いていたことに気付く。

「あ、ごめんっ」

悟られないようにパッと顔を上げた。

……今はそんなことを気にして、暗くなってる場合じゃない。

「今日の平野、こないだ会ったときと雰囲気違う感じ」

芳賀くんが何の気なしに放った一言に、背筋がヒヤリとする。

「……そう？　そんなことないけど」

「妙に静かだし、口数も少ない気がして」

……もしかして、もう怪しまれてるんだろうか？

いやいや。こんなときほど、堂々としていないと！

「えー、変かな？」

「いや。面白い」

内心はビクビクだけど、外には出さないように頑張る。そんなわたしの顔を見て、芳賀くんがおかしそうに笑った。

「やっぱり、時間が経つと変わるもんだな。高校のときもそうだけど、もっとうるさくて豪快なイメージあった」

「あはは」

内心でホッと胸をなで下ろしつつ、ごまかすみたいに笑う。

とにかくバレてはいないようだし、悪い感情も持たれていないようだ。……よかった。

芳賀くんオススメのガーリックシュリンプやハワイアンスペアリブに舌鼓《したつづみ》を打って、お酒も何杯か頂くころには、この特殊な環境にも慣れてきていた。

目の前には憧《あこが》れの芳賀くん。美味《おい》しいお酒と料理。高校時代の思い出話。

ときには回答に詰まることもあるけど、わたしはこの時間を楽しみはじめていた。

大学を卒業して、社会人になって、自信がつきはじめたのか高校時代よりももっとキラキラしている彼の姿をこんなに近くで眺めることができるなんて……やっぱり嬉しい。

「平野」

「うん？」

この時間がずっと続けばいいのに――なんて、頭の片隅でベタな恋愛小説の一節のようなことを考えていると、おもむろに彼が呼び掛けてくる。

「そっち、行ってもいい？」

――そっち、とわたし側のベンチを指して、彼が言う。

「えっ、あっ……」

彼がこっちに来るということは、わたしと横並びに座るということだ。

「嫌？」

「あの、嫌じゃないけど」

「じゃあ、そっち行くわ」

芳賀くんは立ち上がると、困惑気味のわたしの右どなりに来て、そこに腰掛ける。

……えっと、これは、どういう状況？

「平野」

「あっ、はいっ」

右耳に注ぎ込まれるような彼の声にドキッとして、身体ごとそちらを向く。

「っ……！」

お店のベンチは、大人がふたりおさまると窮屈《きゅうくつ》に感じるくらいの大きさだ。

向かい合わせに座っていたときとは距離感が全然違う。芳賀くんの顔が、十五センチくらいの近さにあった。

「……そろそろ、素直になってもらっていい？」

「えっ？　――！」

彼は微笑を浮かべながらそう訊《たず》ねる。と同時に、左のわき腹に何かが触れる感触。

そこでわたしは、彼が腰に手を回したのだと気が付いた。

「高校のころ、そこまで仲良くなかったのに、急に俺のこと誘ってきたのは……何で？」

「な、何でって」

芳賀くんの手が、ワンピースの生地の上を滑《すべ》り、僅《わず》かに上昇していく。

え、何？　これって、どういう状況？

彼の顔を見つめて言葉を探すけど、ふさわしい言葉が浮かんでこない。

芳賀くんは、微笑を顔に貼り付けたまま、囁《ささや》くようにして続けた。

「――俺に興味があるからでしょ？」

ゆっくり、ゆっくり。わき腹に置いていた手が、わたしの腕を通り、肩を通り、後頭部に辿り着く。

「まどろっこしいのはやめだ。平野の気持ち、正直に教えて」

「あっ……！」

「態度でも、いいけど」

わたしの後頭部にある手に、力が入った。彼のほうへと引き寄せられる。

否応なしに彼の顔が近づいてきて――

こ、これっ、これって……！

芳賀くんがわたしに、キッ、キスしようとしてるってこと⁉

そんな――わたし、キスなんてしたことないしっ。そもそも、わたしは陽希じゃなくて那月だから、芳賀くんは勘違いしてるわけでっ！

というか、芳賀くんてこういう人だったの⁉

告白もしてない、初めて飲みに行った女の子と簡単にキスできちゃうような、軽薄でプレイボーイなタイプってていうか。

昔は爽《さわ》やかで歳の割に誠実そうで、好青年って感じだったのに。わたしが彼に感じていた眩《まばゆ》さは、キラキラじゃなくてギラギラだったっていうの？

彼の唇が迫って来る僅《わず》かな瞬間に、様々な感情が交錯《こうさく》する。

「ご、ごめんなさいっ！」

わたしは混乱の中、精神力を振り絞り、自分と彼との唇の間に、まるで三猿《さんざる》の『言わザル』のようなポーズで手を挟んだ。

「えっと、あのっ……勘違いさせてしまったなら、ごめんなさいっ。陽希は――いや、あたしは、全然、そういうつもりで誘ったわけじゃなくてっ。ただ、同窓会で会ったときに、話が弾んで、もっとお互いの仕事の話ができたらなって思っただけ、だったのっ」

陽希にそういうつもりがないというのは、わたしがよくわかっている。彼と目線を合わせないように左斜め上の壁を見ながら、捲《まく》し立てた。

「は、芳賀くんは素敵だし、もちろん男性としても魅力を感じる人だけどっ……その、今日のところは、そういうつもりはなかったからっ。だから、ごめんなさいっ！」

この状況をどうにか収めるには、とにかく謝るしかない、と思った。

経験豊富な陽希なら、もっと角の立たない、上手い方法を知っているんだろうけど、男の人との接し方がわかっていないわたしには、これが精いっぱいだったのだ。

慌ただしく謝罪の言葉を述べたあと、芳賀くんが「期待させやがって」なんて怒り出したりはしないか、とか、強引に押し切られてしまうんじゃないか、という不安が過《よぎ》る。

おそるおそる彼の顔に焦点を合わせると――彼はきょとんとした目をしていた。

そして、くすくすとおかしそうに笑いだす。間に挟んだ手のひらに、彼の温かな呼気がかかる。

「いや、こっちこそ――悪かった」

彼はひとしきり笑うと、そう口を開いた。

「確かに平野は、男の友達多かったもんな。そういうヤツだったってこと、忘れてた」

「……勘違いさせて、ごめんなさい」

「いや、こっちも勘違いしてた。ついでに言うと、もし平野が俺の誘いにノッてくるようだったら、もう帰ろうって思ってた」

「……？」

意味がわからない。

困惑しているわたしに対し、彼は安堵したようなため息をひとつつくと、立ち上がって向かい側の席に戻った。

そして、飲み掛けだった本日三杯目のビールに口を付けてから、「だから」と切り出す。

「今の会社に入ってから、急に近寄って来る女の子が増えたんだよな。学生のころは見向きもしなかったようなヤツでも、社名に惹《ひ》かれて興味持たれることが増えたっていうか」

「はぁ……」

「そういうのって、結構萎《な》えるんだよ。俺っていう人間よりも、俺が働いてる会社のほうに興味がいくんだなって思うとさ。近寄って来る女の子のこと、信用できなくなっちゃって。平野だって、高校時代は俺にあまり話し掛けてこなかったのに、同窓会で会ったら、いきなり『今度ふたりで飲みに行こう』だろ」

つまり芳賀くんは、陽希が彼の社名に惹かれて飲みに行きたがっていたと思っていたのか。社名に惹かれたと言えばそうではあるけど、陽希の場合はちょっと意味合いは違う。それこそ『そこに勤める男性』ではなく『その会社』が気になっているのだから。

とはいえ彼に、そんな事情はわからない。だから寄ってくる女の子を敬遠するために、さっきみたいなわかりやすい誘い水で反応を見たってことだ。

「でもだからって……こんなの、びっくりするよ。一瞬、どう反応していいかわからなかったし」

わたしが男の人に免疫《めんえき》がなさすぎるというのが一番の原因ではあるけれど。

想定外の出来事で動揺してしまい、つい、彼をなじるような言葉を吐いてしまう。

「うん、だから悪かった。平野なら、笑ってかわしてくれるかな、と思ったんだけど……まさかこんなに真剣に謝って来るとは思わなくて、悪いなって思ったよ。本当にごめん」

言葉の初めは笑みを含んでいたけれど、芳賀くんの口調が徐々に深刻さを帯びたものに変わっていく。「ごめん」と言いながら、彼はしっかりとわたしに頭を下げた。

「キスするつもりはなかったけど、フリだけでもそういうことされると、ビックリするよな。それは本当に悪かった」

「え、いいよそんなっ……」

頭を下げ続ける芳賀くんを前に、わたわたしてしまう。

「別に謝ってほしいとか思ったわけじゃなくて。ただ、その……おどろいちゃっただけなの。だから、顔上げて」

「本当?」

「本当、本当」

わたしが力強く頷《うなず》くと、彼がようやく顔を上げる。

「……ありがとう」

芳賀くんはそう言って、小さく笑った。

その言葉に、わたしの意識は高校三年生の冬の保健室に引き戻される。

『……平野。本当に、ありがとう』

具合が悪い芳賀くんに肩を貸したあの日、保健室のベッドの上で聞いた彼の声と重なった気がした。

社会人になり、彼は変わってしまったかもしれない――なんて、そんなの思い過ごしだった。

芳賀くんは芳賀くんらしさを残したまま、素敵な男性になっていたのだから。

「――飲みなおそうか」

「うん」

わたしは笑顔で頷きながら、夢の時間の続きを楽しんだのだった。

3

「すっかり遅くなっちゃったな」

お店を出て、待ち合わせをした駅前の噴水あたりに差し掛かったところで、芳賀くんが言った。

「うん。こんな時間になってるなんて、全然気が付かなくて」

「けっこう、昔の話題で盛り上がったもんな」

「そうだね」

わたしは頷《うなず》きながら、思い出し笑いをこぼした。

担任だった先生やクラスメートたちが今どうしてるとか、当時流行《はや》ってたものの話とか。他愛ない内容だったけど、だからこそ永遠に話していられそうなほど、話題は尽きない。

時を忘れるくらいに楽しむ、なんて経験は、本当に久しぶりだった。

特に働きはじめてからは、休日はひとりの時間を淡々と過ごすことが多かったからなおさらだ。

こんな風に誰かとのおしゃべりに明け暮れるなんて、めったにない機会で、新鮮な気持ちになる。

……それも、高校時代の憧《あこが》れだった芳賀くんと、なんて。

「平野」

改札に入ろうとするわたしを、彼が呼び止めた。

「何？」

足を止めて振り返る。

「あのさ——さっき、あんなことした手前、言い辛かったりするんだけど」

きまり悪そうに頭を掻《か》きつつ、彼が重たい口調で言う。

あんなこと——とは、彼がわたしにキスする素振りを見せたことだと、何となくわかった。そのまま、言葉の続きを待つ。

「今日、本当に楽しかった。リフレッシュできたって感じだった。……平野は？」

「え？」

「平野はどうだった？　俺と過ごして、楽しかった？」

終電の時間が近づき、足早にホームへと向かう足音がいくつか横を通りすぎていく中、彼の声がクリアに響く。

「わた――あたしも、楽しかったよ。すごく」

素直な感情を、率直に伝えた。

もう二度と、こうして芳賀くんと会う機会なんてないのだろう。でもだからこそ、『陽希』としてではなく『那月』としての感想を伝えたくて。

「よかった」

彼はわたしの答えを聞くと、目を細めて笑った。それから。

「――じゃあ、スマホ直ったらまた誘って」

「え？」

「また一緒に飲もう。社交辞令じゃなくて、絶対に誘えよ。……いいだろ？」

「えっ――あのっ」

――誘う？　わたしが？

おどろいていると、彼は返事を催促《さいそく》するように軽く首を傾げる。

「『うん』って言ってくれないと、帰れないんだけど」

「あっ、あのっ……はいっ」

おどけて言う彼に、勢いで返事をしてしまう。

「よかった」

わたしの返事を聞き届けた彼は、安心した様子で言い、改札を挟んで反対側のほうへと足を向けた。

「俺、こっちだから。じゃあな、気を付けて」

彼はひらりと手を振ると、振り返らずに歩いて行ってしまった。

「……」

全く予想していなかった展開に言葉を失い、すこしの間、その場に立ち尽くしていた。

けれど、終電の到着を知らせるアナウンスが流れたことで我に返り、駆け足でホームへと向かう。

また誘う？　芳賀くんを？

わたしが、また彼を誘っていいの？　……本当に？

ホームへ向かうエスカレーターを駆け上がりながら、わたしの頭の中で、彼のセリフがぐるぐると渦《うず》を巻いていた。


——午後十一時四十五分。

本日も残り十五分、というところで自宅前に到着したわたしは、おそらく寝ているだろう両親を起こさないように静かに鍵を開けて、家に入った。

ヒールの高いパンプスを脱ぐと、足の裏全体を心地よい解放感が包む。俄然《がぜん》歩きやすくなった足で、そろそろと二階にある自分の部屋に向かう。

慎重に階段を上り終えて、音を立てずに自室の扉を開ける。電気を点けて、トートバッグを下ろそうとしたとき、

「おかえり♪」

ぽん、と後ろから肩を叩かれた。振り向くと、ピンク地に白いドット柄のパジャマを着た陽希が、満面の笑みで立っていた。

「お疲れさま～。今日は本当にありがとうねえ、那月ちゃん」

「ううん、別に」

「ささ、こっちにお茶用意してますんで！　立ち話も何だし、あたしの部屋で今日のこと、聞かせてくれる～？」

「……はいはい、わかりましたっと」

わたしは自分の部屋着を腕に掛けると、陽希に続いて彼女の部屋に向かった。

「疲れたでしょ～。『帰る』ってメールもらった時間から計算して、那月の好きな紅茶、淹《い》れといたんだぁ」

「ありがと」

部屋に入ると、甘ずっぱい果実のいい香りが漂《ただよ》っていた。

わたしが気に入ってよく飲んでいる、ラズベリーのフレーバーティ。自分の代わりに飲みに行っ

た妹を労《ねぎら》うために、帰宅の時間に合わせて淹《い》れておいてくれたらしい。

陽希にしては気の利くサプライズだ。

お茶をカップに注いでもらっている間に、わたしは手早く着替えをすませる。

ワンピースを脱ぎ、ストッキングを脱ぎ、キャミソールを脱ぎ――一枚ずつ、身に着けているものを脱いでいくたびに、平野陽希から平野那月に戻っていくような感覚になる。

ロンTにジャージという、機能性重視の出で立ちになると、もう自分を偽《いつわ》らなくていいんだと妙に安心した。

「ワンピース、どうしたらいい？」

「あ、こっちで預かるよ。那月は座って座って♪」

陽希はわたしから奪うようにワンピースを受け取ると、ハンガーに掛けてから衣類用のフレグランススプレーを掛け、クローゼットにしまった。

その様子を眺めつつ、わたしはローテーブルの前に座る。

「ライブどうだった？」

「んもー最高だったよー！　ユキヒロがカッコよすぎてっ！」

近くに置いてあったクッションを抱きしめながら、陽希が答える。

ユキヒロというのは、そのバンドのボーカルの名前だ。陽希のお気に入りは、そのユキヒロで、よく彼の名前を挙げてはきゃあきゃあ騒いでいる。

「――そ・れ・よ・り。芳賀くんとの飲み、どうだった？」

ローテーブルの向かい側に座った陽希は、興味津々といった様子だ。

「どうって、普通に……楽しかったよ」

カップを手に取り、熱いお茶を啜《すす》ってから言う。

そう。芳賀くんとの時間は、とても楽しかった。

——最後のあの一言には、かなりビックリさせられたけれど。

「詳しく聞かせてよ〜。まず、今日の相手があたしじゃなくて那月だったってことは、バレてないんでしょ？」

「う、うん。たぶん」

「上手くやってくれてよかったー。飲んでる間は、どんな話したの？」

「高校時代の話とか、仕事の話とか……。でも、仕事は深いことは話せないから、ほとんど高校の話だったよ」

「まあ、そうだよね」

うんうんと頷《うなず》いてみせながら、陽希は胸をなで下ろす。

「——てことは当たり障《さわ》りなく終了〜、てことよね。平和に終わってよかったー♪」

「……うーん、どうかな」

安心しきった様子の陽希に、わたしは首を傾げて小さく呟く。

「何それ。何か問題あったの？」

「……それがさ」

わたしは芳賀くんとの別れ際を思い出しながら、一部始終を告げた。

「ええっ⁉　芳賀くんと次の約束しちゃったの？」

黙って話の終わりまでを聞いていた陽希だけど、わたしが言葉を止めると、テーブルに身を乗り出して訊《たず》ねてくる。

「約束したって言うか……でもほら、向こうも流れで言っただけかもしれないし」

「そうかな？　社交辞令じゃないって宣言してたわけでしょ？」

「……それは、まぁ」

「いい、那月？」

陽希はわたしが両手で持っていたカップを取り上げると、話に集中しろと言わんばかりに、それをテーブルの上に置いた。そして、わたしの目をじっと見つめて真顔で続ける。

「『俺と過ごして楽しい？』っていう質問に対して、あんたは『楽しい』って答えてるわけ。芳賀くんとしては、手ごたえを確かめたわけなのよね。からの、『また誘えよ』っていうのは、つまり……」

「つまり？」

「これって、正式なデートの誘いなわけよ」

「ええ？」

陽希が大真面目に言うものだから、声が裏返ってしまう。

「正式な、って？」

「あたしが誘った今日の飲みは、ただの『飲み会』。人数がふたりだっただけ。でも、そこでお互いのフィーリングが合って、いい感じだなーってなったら、今度は異性として意識せざるを得ないでしょ」

「えっ、でも、芳賀くんはわたし——っていうか、陽希のこと、ただの友達だって思ってるみたいだし。今日だって、特にそういう気持ちとは関係ないところで会いに来てるみたいだったよ」

「どうしてそう言い切れるの？」

「それは……し、下心出してくる女の人、あんまり好きじゃないって言ってたもん」

キスされそうになったことを思い出して、ドキドキしながら言う。

たとえ陽希にでも、そのときのことを具体的に話すのは憚《はばか》られた。……まぁ、事実が伝われば細かいところは口にしなくてもいいだろう。

「だーかーら！　今日一緒にいて、気持ちが変わったってことでしょうが」

じれったい。そう言わんばかりに、陽希は両手を腰に当て、ちょっと怒ったような口調になる。

「気持ちが、変わった？」

「そゆこと。昔の友達のひとりとして会いに来たつもりだったけど、興味持っちゃった〜って感じでしょ。だから次も誘いたくなった」

「……うーん」

陽希の言う通り、そういうことなんだろうか？

男の人との関わりが少なすぎて、果たしてそれが正解なのかどうかの判断がつかない。

「ま、よかったじゃない。芳賀くんってイケメンだしいいヤツだし。いい会社勤めてて、将来性もありそうだし♪　男としてはかなり優良な物件だよねぇ」

「ちょっと陽希、何を他人事みたいに」

まるで友達の恋バナでも聞いているくらいのテンションに違和感を覚えて突っ込むと、陽希は涼しい顔で「え？」と返事をする。

「だって他人事だも〜ん」

「はあ？」

「あたしが誘われたわけじゃないし〜」

「っ……ふ、ふざけないでよっ！」

メロディを奏《かな》でるかのような口調に、わたしはつい声を荒らげた。

「わたしは、陽希の代わりに、陽希として会ってきたんだよ？　他人事なわけないじゃない」

芳賀くんは、わたしを陽希だと思って今日を過ごしていたのだ。

彼がもう一度会いたいと思っているのは、わたしではなく陽希のほうだというのに。

「んーでもさぁ、外見があたしでも、中身は那月だったんだし、結局のところは那月と飲めて楽しかったってことなんだと思うんだよねぇ」

「……適当なこと言って」

「だいたい、あたしはもう芳賀くんに連絡しないつもりだし」

「えっ」

今度はわたしがテーブルに身を乗り出す。

「今日行ったライブでね、バッタリ会社の同僚と会っちゃって〜。何だかイイ感じになりそうなんだよねー。だから、そっちに時間割《さ》きたいわけよ」

うふふ——とか照れ笑いをしながら、陽希には全く悪びれる様子がない。

……そんなバカな！

「そ……それは困るよ。わたし、芳賀くんに『誘えよ？』って訊《き》かれたときに、『はい』って言っちゃったもん」

「それは那月の勝手でしょ」

わたしの反論を、陽希はバッサリと切り捨てた。

「あたしは、那月に代わりに飲みに行ってとは頼んだけど、次の約束もしてきてとは頼んでないよ。つまり、約束したのは那月の意思なんだから」

「う……」

言い返せなくて言葉に詰まる。

——確かに、そこまでは頼まれてなかったけど……！

「それにさ、実際、楽しかったんでしょ？　彼と会って」

「……うん、それは」

芳賀くんと会っていた時間、楽しかったのは嘘じゃない。

わたしの反応を見た陽希は、「なーんだ」とでも言いたげに肩を竦《すく》める。

「ならいいじゃん。あんた彼氏いないんだし、もう一回くらい会って来たら？」

「簡単に言うけど……わたし、陽希じゃないんだよ？　芳賀くんは、陽希を誘ったのに」

「しつこいなー。中身は那月だったでしょって、さっき言ったよね？」

話が同じところに戻ってきてしまったのを、彼女は面倒に感じているらしい。不快感からか、眉間に皺《しわ》を寄せている。

「とにかく、約束したのは那月なんだから、自分で責任とってよね〜。じゃ、あたし明日友達と昼から買い物の約束があるから、そろそろ寝るね」

「ちょっ……陽希っ」

「はい、話はおしまいね。立って立って〜」

話し合いを続けようとするわたしを無視して、陽希はすっくと立ち上がった。そしてわたしの両腕を引っ張り、部屋の外に押し出そうとする。

「今日はホントにありがとね〜。芳賀くんに連絡したくなったら言ってね。っていうか、今、携帯に連絡先送っといてあげるから♪」

「はる――」

バタン。扉の外に押し出されたわたしの前で、無情にも扉が閉まった。

「……あーもうっ……」

陽希ったら、自分が面倒くさくなるとすぐにこれなんだから。

陽希の説得を諦め、自室の扉を開けて、中に入る。

何だか急に、ドッと疲れが押し寄せてきたように感じた。身体の赴《おもむ》くままに、ベッドへとダイブする。

「はー……」

瞼《まぶた》を閉じると、意識の端からまどろみが襲ってくる。

メイクを落とさなきゃ、なんて義務感と葛藤《かっとう》していると、入り口に置きっぱなしのバッグから携帯のバイブ音が聞こえてきた。

陽希が芳賀くんの連絡先を送ってきたのだろう。

全く、陽希ってば。勝手なんだから――

心身の疲労に負けたわたしは、そのまま朝まで眠りこけてしまったのだった。

◆◇◆

次の日――四月十七日、日曜日の午後。

勤務先の花屋である田上《たがみ》生花店のレジ台代わりの古机の前で、わたしは右手に握りしめた携帯のディスプレイと睨めっこをしていた。

画面には、陽希からのメールが表示されている。

『お姉さんは応援しちゃうよ♪♪』

昨夜、眠りに落ちる寸前に届いたものだ。絵文字満載の文章の下に、芳賀くんの名前とメールアドレスが記されている。

一晩寝て、目が覚めて。わたしは結局、もう一度陽希として芳賀くんに会うことを決めた。そして彼に送る文面を作っているのだけれど、どんな風に書いていいかわからず、上手くまとめることができないでいる。

次回の約束というより、修理に出してると伝えていたスマホにからめて軽い内容で送ろうと考えていた。『結局修理は諦めて、新しく、今度は携帯を購入したので連絡しました』とか、そんな主旨のものを。だけど昨日のお礼や感想などをあれこれ入れていくうちに、どんどん内容が重たくなっていってしまう。

「どうしよう……」

途方に暮れて、レジが置かれた机に突っ伏す。

こんなことなら、スマートフォンにしておけばよかった。

わたしは今どき珍しい、ガラケーユーザーだ。ひんぱんに連絡を取り合う相手がたくさんいるわけではないから、今まで、流行《はや》りのメッセージアプリの便利さがいまいちわからなかった。けれど、短いやり取りで相手の反応を見ながら返事ができたり、絵で感情を伝えられたりする点では、それは使いやすいのかもしれない。

……というか、このご時世にメールで連絡するなんて、引かれたりしないだろうか。

陽希とは、メッセージアプリで連絡を取っていたみたいだし、今さらメールでやり取りさせるだなんて、面倒くさいとか思われないだろうか？

文面だけじゃなく、そっちも心配になってきた。

——いや。悩んでいてもしょうがない。メッセージアプリを使用していないわたしにとって、連絡手段はメールしかないんだし。

それに、あくまでわたしは陽希として、メールを送るんだから——陽希が返しそうな文面を創作して送るより他はない。

わたしは、むくりと起き上がると、店番そっちのけで携帯電話のボタンをプチプチと力強く連打する。

『陽希です。この間はありがとね♪　スマホ修理諦めて、なぜか（笑）ガラケーに買い換えたから連絡しました～☆　アドレス登録、よろしく～。またよかったら飲みませんか？』

たったこれだけの文章に、ものすごい時間を費やした気がする。そして、これでいいのかもわからない。けれど——

えーい、どうにでもなれ！

……と送信ボタンを押すと、それまで身体中に張り詰めていた緊張から、一気に解《と》き放たれた。

ひとまず、これで義務は果たしたはず。

わたしは携帯を閉じてレジ横に置くと、ガラスの扉越しに外を見た。

休日なので人通りは多いけれど、この店のピークタイムはもうすぎている。

お墓参り用の菊や、お祝い用の花束など、お客さんは午前中にやってくることがほとんどで、これからの時間はかなりまったりな営業になるだろう。

さて、どうしよう。……社長が朝に仕入れてきた鉢ものに添えるポップ作りでもしようか。

椅子に座ったまま振り返り、後ろの棚からマジックペンを取り出す。

「……」

花の形にカットされたプレートに花の名前や値段を書く間も、何だか気分が妙にソワソワして、落ち着かない。

普段なら淡々と作業に没頭できるはずなのに、一筆ずつ手を動かしては、携帯のほうへと視線がいってしまう。

カレンダー上では今日は休日だけど、彼は忙しい人なんだし。そんなにすぐに返信が来るはずないって、わかっている。

わかっているけど……

モヤモヤしながらペンを走らせていると、レジ横の携帯がビーッという音を立てて震えた。

メールだ。わたしはすぐに手を止めると、携帯を取って内容を確認する。

「っ……！」

差出人は芳賀くんだ。

わたしは手を震わせながら、そのメールを開封してみる。

『連絡サンキュ。今時ガラケーなんて渋いな（笑）　いつがいい？　俺は週末の夜だと助かる』

シンプルな文章を目で追い終えると、思わず胸元で携帯をぎゅっと抱きしめてしまう。

……社交辞令じゃなく、本当に、また会ってくれるんだ。

おどろきと嬉しさで、心臓が早鐘を打つ。

わたしは頬が緩《ゆる》んでしまうのを感じながら、メールの作成画面を開いた。

『結局こっちのほうが使いやすいなって思って！　わたしは週末なら土曜日がいいな☆』

最近は土曜休みの日曜出勤が多い。希望を伝えると、再び携帯を閉じてレジ横に戻した。

「……」

そのあとも、引き続きポップの作成や段ボール整理、生花の茎を切って水揚げ……などなど、雑務をこなしていく。

そのたびに、チラチラと携帯を見やるけれど、メールが来た様子はない。

まだ一往復しただけなのだけど、やり取りが途切れたような気分になって、すこし不安になる。

……もしかして、やっぱり会うのが面倒くさくなったとか？

もしくは、やりとりが煩《わずら》わしくなって、後回しでいいやと思ってるとか？

「ごめんください」

「あっ、いらっしゃいませ」

落ち込んでいると、店頭のガラスの扉を開ける人影があった。近所に住む、安藤《あんどう》さんというおばあちゃんだ。

お孫さんやお友達の趣味の発表会などで頻繁《ひんぱん》に花束を注文してくれる、この店のお得意様だ。

わたしは椅子から立ち上がり、安藤さんを出迎える。

「今日ね、孫の誕生日なの。何か那月ちゃんに作ってもらおうと思って」

「わあ、そうなんですね、おめでとうございます」

「予算はこれくらいで。孫はピンクが好きだから、ピンクの多いものだと嬉しいわ」

「はい、かしこまりました。そちらにお掛けになっててください」

安藤さんに、ゲスト用の椅子に座ってもらっている間、冷蔵庫に並ぶ生花を見て、花束の内容を考える。

「ピンク、ピンク、と……」

安藤さんのお孫さんは、たしか小学生だったはず。小さくコロンとした花束が、可愛くていいかもしれない。

わたしは主役をピンクのガーベラと、トルコキキョウに決め、間を散らすようにカスミソウを置き、レースペーパーでラッピングをする。

「こんな感じでいかがですか?」

でき上がった花束を見せると、安藤さんは嬉しそうに「まあ」と言った。

「とっても可愛いわ。それじゃあこれでお願いします」

「かしこまりました」

レジで会計をすませて花束とお釣りを手渡すと、安藤さんが満足そうに言った。

「那月ちゃんの花束、可愛いわねって言ってもらえるの」

「本当ですか」

「ええ。お友達にあげても評判いいし。またお願いね」

「ありがとうございます。……お孫さんに喜んで頂けるといいですね」

店の外に出て安藤さんの後ろ姿を見送り、また店内に戻る。

花屋の仕事は地味《じみ》だけど、花を贈る側の笑顔や、贈られた側の笑顔を想像すると、こちらも満たされた気持ちになるから気に入っている。

あんな風に喜んだ顔を見ることができると、やっぱりやりがいを感じて嬉しい。

「……そろそろ、来てたりしないかな」

レジ横に置きっぱなしの携帯を手に取って呟く。

開いて確かめてみるけれど——やはり、まだ返信は届いていなかった。

「はぁ……」

落胆してため息をつき、再び携帯をレジ横に置いた。

残念に思う反面、たかがメールの一通に翻弄《ほんろう》されている自分が滑稽《こっけい》だった。

この短い時間に返事がないからといって、芳賀くんの気持ちが計れるわけじゃないのに。

こんなに誰かからの連絡が待ち遠しいなんて経験は、初めてだ。

そのとき、わたしの期待に応《こた》えるみたいに、携帯が震えた。

急いで手に取り、確認する。……芳賀くんだ！

『へえ、そっか（笑）なら今度の土曜日はどう？』

「えっ、次の!?」

読みながら思わず声が出た。

土曜って――そんな、急に？　いや、嬉しいけど！

『あたしは大丈夫だよ！　それじゃ、土曜日で♪』

『わたし』と打ってしまったそれを修正しつつ、わたしは有頂天で送信ボタンを押した。

……また芳賀くんと会える！

わたしは喜びを噛み締め、店じまいの時間までを、夢を見ているみたいにフワフワとした気分で過ごした。

4

そして約束の土曜になった。

「じゃーん。今日の勝負服はこれでーす♪」

テンション高く陽希が掲げたのは、淡い水色の生地に小さめの白いドットがちりばめられた、半袖の膝丈ワンピース。胸元にはフリルが施《ほどこ》されていて、すごく女の子っぽい印象を受ける。

「これに、このデニムのジャケット合わせてね」

「あっ、ありがとう、陽希」

「ほらっ、早く着てみて～」

陽希に促《うなが》されて、手渡された衣服に着替える。ストッキングを穿《は》き、ワンピースを着て、紺色でノーカラーのデニムジャケットを羽織る。

「おおー、いいじゃん、完璧♪　やっぱあたし、センスいーわ」

「ほ、本当？」

自画自賛する陽希の横で、メイクの際に使った鏡を覗き込んで確認する。

——うん。今日もどこからどう見ても、陽希だ。

「靴とバッグは先週使ったので合うと思うから、それにしなよ。すこしでも使い慣れてるもののほうがいいでしょ？」

「うん、そうさせてもらう」

「うっふっふー。展開早いよねえ、那月。もう芳賀くんとの二回目のデートだなんて」

「でっ、デートじゃないよ、飲みに行くだけだって」

「もー、照れない照れない♪」

陽希に煽《あお》られ、頬が熱くなる。

「陽希だって、初回はデートじゃないって言い張ってたくせに……」

芳賀くんと再会してからちょうど一週間。今日は四月二十三日だ。

わたしはこれから、もう一度彼に会うため、出掛けようとしているところだった。

「待ち合わせは何時なの？」

「えっと、六時に、こないだと同じ場所」

「ええ、六時？　なら準備早すぎじゃない？」

陽希が自分のベッドにごろんと横になりながら時計を見上げる。

時刻は午後二時。明らかに早すぎるのは百も承知だ。

「今日も一日、陽希で居続けなきゃいけないんだから。心の準備をする時間が必要なの」

ローテーブルに置いていたカップを持ち上げ、お気に入りの紅茶を啜《すす》って言う。

「心の準備ねえ〜」

なるほど――と感心しながら、ごろんと寝返りを打つ陽希。

「確かにこの間はふたりで会うの初めてだったからいいけど、二回目ともなるとすこし突っ込んだ話をしたりするかもしれないね」

「仕事の話とか、専門的なこと言われたらちゃんと返せる自信がないな……」

向こうは同じ営業同士だからということで、仕事の話を振って来るかもしれない。

むしろそういう話をするっていうのが、最初の飲みに繋がる出来事だったわけで。……まぁ結局仕事の話は、前回ほとんど出なかったのだけど。

「大丈夫だよ。たとえあたし本人だったとしても、どうせちゃんと返せてないし」

「……それはそれでどうなんだろ」

ヘラヘラと笑っている陽希を見てため息をつく。

「まあ、女の子と飲みに行って本気で仕事の話したがる男なんてほとんどいないから、そこは心配しなくても大丈夫でしょ」

「そういうもの？」

「そういうもの！　どうせ飲むなら、もっと楽しい話しないとね！」

「ううん……そっか」

わたしよりも経験豊富な陽希が力強くそう言うなら、信じてみてもいいかもしれない。

「帰ってきたら今日のこと、聞かせてよね！　うふふ、あー、今から楽しみ～♪」

「他人事だと思って……」

陽希は今回のことが、自分が蒔《ま》いた種であるということを完全に忘れて楽しんでいるようだ。

文句を言いたい気持ちをグッと抑えつつ、わたしはカップに残っていた紅茶を飲み干して立ち上がった。

「もう出て、近くをブラブラしてくるね」

「いってらっしゃーい♪」

「そういえば、陽希は今日は出掛けないの？」

ふと思い、訊《たず》ねてみる。休みの日なのに、この時間まで何もせずにパジャマ姿でいるのは珍しい。

すると、陽希は忍び笑いをした。

「今日はねえ、あたしも夜デートなんだ」

「デート？　……こないだ言ってた、同僚の人？」

「そ。あのあと、『今度飲みに行こ～』って誘ったら、じゃあ行こうか、ってなって。やっぱりこういう約束って瞬発力が大事なんだよね～」

「なるほど……」

「那月も勇気出して、すぐに芳賀くんに連絡したのがよかったんだよね、きっと♪」

「……」

確かにそれはあるかもしれない。普段のわたしだったら、まず彼に連絡をしてみようだなんて畏《おそ》れ多いことは思わなかった。

怯《おび》えながらもメールできたのは、『那月』としてではなく『陽希』として芳賀くんと接触していたからだ。誰とでも仲良くできて、打ち解《と》けられる陽希ならば、彼もきっと受け入れてくれるだろうと思えたから。それが、後押しをしてくれたのだ。

「じゃ、那月。お互い楽しもうね～！」

「うん。行ってくるね」

陽希にひらりと手を振ると、借りた白いトートバッグとメイク道具を手に、一度自室に寄る。借りたバッグに私物を移すと、それを持って階段を下りた。

「あら、陽希。出掛けるのね」

「うん」

リビングの前を通ると、ちょうど出てきた母親が声を掛けてきた。

先週と同じだな――なんて考えつつ、頷《うなず》いて見せる。今日もきちんと陽希に化けられているということだ。

「早めに帰るのよ。あなた最近帰りが遅いの、知ってるんだから」

「ご、ごめん」

「……？　今日はやけに素直ね」

母親は不思議そうに首を捻《ひね》っている。

陽希らしい反応ではない――と訝《いぶか》っている様子だ。いけない、いけない。

「いってきまーす」

『那月』だとバレないうちに退散するのが賢明《けんめい》だろう。あれこれ詮索《せんさく》されたくないし。

白いパンプスを履いたわたしは、先週同様、そそくさと家を出る。

今日もデート日和と言わんばかりの快晴だ。天気がいい日の外出は、気分がいい。

――なんて、いつもは家の中で過ごして終わっているくせに。

芳賀くんに会えるからといって、舞い上がっている自分に対して、ゲンキンだなと思う。

でも事実、この一週間は毎日が楽しく、そして今日が待ち遠しかった。

二回目に会う約束を交わしたあとも、わたしと芳賀くんのメールは、ゆるゆると続いていた。

『芳賀くん、仕事お疲れさま！　ゆっくり休んでね♪』

『今日は大事な会議があるって言ってたよね。頑張ってね！』

一日に二、三通で、内容も二、三文の世間話だけど、仕事以外で他人と関わることの少ないわたしには十分刺激的だった。そして同時に、メールを書いたり読んだりしているときは、心安らぐ時間だったのだ。

それにつれ、芳賀くんを想う時間も着実に増えていった。

夜眠る前に、土曜日まであと何日——なんて、指折り数えたりして。我ながら古風なアクションだな、と突っ込んだりした。

けれど、そんな自分は嫌いじゃなかった。陽希が気になる男の人ができるたびに、家できゃあきゃあと騒いでいる気持ちが、何となくわかる気がした。

彼との会合は、飾り気がなく、淡々とすぎていくだけだと思っていた生活に突然やってきた一大イベントだ。

まるで、彩《いろどり》のない部屋に置いた真っ赤な一輪のバラみたいに、彼はわたしの単調な暮らしの中で大きな存在感を放つようになっていた。

待ち合わせの駅に着いて、改札を出ながら腕時計で時間を確認する。

時刻は三時——あと数時間で、芳賀くんに会える。

わたしはひとまず、化粧直しをするために、構内にあるトイレへと向かった。


午後六時十五分前。駅前広場に到着すると、先週と同じ場所——噴水の周りに並べられたベンチの一角に、すでに彼は座っていた。

——それも、女の子ふたり組に囲まれて。

「あ、あたしたちご飯食べに行こうかって言ってたんですけど、お暇ならどうですか？」

長い茶髪を巻いた、気の強そうな印象の女の子と、その友達らしき黒髪ロングの、大人しめで清楚な雰囲気の女の子。わたしや芳賀くんと同世代だと思う。

……これはもしかして、逆ナンってものなんだろうか。現場に遭遇するのは初めてだ。

「ごめん。これから待ち合わせだから」

芳賀くんは、慌てることも困惑することもなく、感じのいい笑顔でサラッと言った。

「ですよね〜。ユリ、退散しよ」

「あのっ……突然すみませんでした！」

芳賀くんが釣れないとわかると、彼女たちはそそくさとその場を後にして、繁華街の雑踏に紛れていく。まるでドラマのワンシーンのような光景を、わたしはただぼーっと眺めていた。

「――平野。こっちこっち」

ふとこちらに視線を向けた彼が、わたしに気付いて立ち上がった。

わたしは急いで芳賀くんのいるベンチまで行く。

「お、おまたせっ」

芳賀くんは、わたしを待っていてくれた。声を掛けてきた女の子たちなんて、目もくれずに。

そう思ったら、緊張と興奮でスムーズに言葉を紡《つむ》げず、声が揺れてしまう。

「あはは――別に、待ってないって。時間よりかなり早いし」

彼がすこし笑ったのは、わたしの声が変だったからだろう。……うう、思いがけないものを目にしたからとはいえ、情けない。

陽希は目当ての男の人の前では、むしろ強気になってグイグイ押していくタイプだ。

弱気になってはいけない。そう自分に言い聞かせる。

「それじゃ行こう。今日は平野にオススメの場所があって」

「メールで話してたよね。楽しみだな」

どんなお店に行くのかは、当日になってからのお楽しみ——ということだった。

いったいどんなお店なんだろう。彼が選んでくれた場所なら、どんなところでも心から楽しめると思うけど。

半歩先を行く彼の背を追って、繁華街のほうへと歩いて行く。

今日の芳賀くんの服装は、ダークグレーのインナーに黒いジャケット、それにストレートジーンズだ。前に会ったときよりもシルエットはカチッとしているのに、どことなくラフな印象を受ける。

「……」

人懐っこい陽希ならば、ここで世間話のひとつやふたつでも投げ掛けるのだろう。だけど彼に会ったとたん、嬉しさで頭の中が真っ白になってしまい、何も浮かんでこない。

どうしよう。何でもいいから、何か話し掛けなきゃ——

頭をフル回転させ、何か気の利いた言葉はないかと必死に探してみる。

……えっと、えっと……

「危ない！」

彼の鋭い声が聞こえた直後、左手首を強い力で引っ張られた。

「っ……！」

そのまま歩道側に引き寄せられたわたしの真横を、一台の自動車が猛スピードで走り抜けていった。

「ったく、運転荒いな……大丈夫か？」

「えっ、あっ……うんっ……」

わたしの顔を覗き込む彼の顔を見上げながら、ドキンと心臓が跳ねる。

いつの間にか、抱き合うような形になっていたのだ。

え？　え？？　え？？？　何これ？

「ごめんなさいっ！」

わたしは反射的に彼の胸を押すようにして身体を離し、左手首を掴んでいた彼の手を振り解いていた。

「あ、いや。こっちこそ」

わたしの早業《はやわざ》に、芳賀くんはぽかんとしている。その反応に、まずいと思った。

助けてくれようとした彼に、今の態度は冷たかったかもしれない。

おそるおそる彼の顔を覗き見る。だけど、別段、気にしている様子はないようだ。

「気が利かなくて悪かった。平野、こっち側歩きな」

「……ありがとう」

そう勧めてくれる彼にお礼を言う。

もっと会話を弾ませないと。あぁ、でも一体どうすれば？ 目的地に着くまで、微妙な緊張感を保ったまま、わたしはひたすらに芳賀くんの影を踏んで考え込んでいたのだった。


「——この店なんだけど、どう？」

芳賀くんが顎《あご》で示す先を見つめると、真っ赤な建物が佇《たたず》んでいる。

まるでヨーロッパからワープしてきたみたいな外装が素敵で、「わぁ」と思わず声をもらした。

お店の看板には店名と共に小さく『British Pub』と書いてある。こういうお店って、入ったことがない。

「オシャレでいいね」

「中に入ればもっと気に入ると思うよ」

「何だろう」

芳賀くんは扉を開けると、わたしを先に通してくれる。

そこはまさしく、海外ドラマで見掛けるバーそのものといった感じだった。U字型の大きな木のカウンターは使い込まれていて味があり、そのカウンターや棚にズラリと並んだお酒のボトルは、知らないものばかりで目を奪われる。

「すごい数のお酒。こんなにいっぱい、初めて見たかも」

「ああ、確かに種類は多いかもしれないな」

芳賀くんは慣れた様子で二本指を立てて、カウンターの中のバーテンダーに人数を知らせた。そして、カウンターの周りに配置されているテーブル席へと行き、わたしに座るように促《うなが》す。

カウンター席にはお客さんがまばらに座り、お酒を楽しんでいる。

「でも平野を連れて来たかったのは、あそこに並んでいる酒が理由じゃないんだ」

「……？」

陽希はお酒が大好きだ。だからてっきり、そういうことだと思ったのだけど……

不思議に思いつつ、木の椅子を引いて腰掛ける。

「――これ」

ピンときていない様子のわたしに、彼はドリンクメニューを差し出して指先で示して見せた。

そこには『世界のビール』として、様々な国のビールの名前が書かれている。

それも数種類どころの話ではない。何十種類もだ。

「平野、同窓会のときに外国のビールが好きだって言ってただろ。なら、こういうところがいいんじゃないかなと思って」

「そうなんだ～」

頑張って笑顔を作ったつもりだったけれど、すこし引きつっていたかもしれない。

……陽希ったら、余計なことを！

どうしよう、前回はごまかせたけど、今回ばっかりは上手くかわせそうにない。今さらビールが苦手だなんて、絶対言えない雰囲気だ。

せっかく芳賀くんがよかれと思って連れてきてくれたのに、その気持ちを無下にもしたくないし……

「最初、何にする？」

「……えーと、芳賀くんに選んでもらってもいい？」

「わかった」

口当たりのいいカクテルの名前を出したいのをこらえ、なんとかそう告げると、彼がオーダーしてくれた。

「芳賀くんもビールが好きなの？」

「最初はあんまり好きじゃなかったけど、最近は慣れたし、よく飲むかな。女子でビールが好きって、結構珍しくない？」

「うん、そうだよねやっぱり」

心から賛同したい。

それから程なくして、ビールグラスがふたつ到着する。

彼のグラスの中身は、積もり立ての真っ白い雪のような泡の下に、優しい色味の黄色だ。わたしが知っているビールよりも、すこし色が薄い感じがする。

わたしのグラスの中身は、モカ色をした泡の下に、まるでコーヒーみたいな真っ黒な液体。黒ビールってやつだろうか。よく知らないけれど。

「じゃ、お疲れさま」

「お疲れさまっ」

芳賀くんが片方のグラスを持ち上げたので、わたしもそれに倣《なら》った。

美味《おい》しそうに喉を鳴らす彼の横で、わたしは手の中にある、グラスを満たす液体をじっと見つめる。

いきなり黒ビールだなんて、ハードルが高すぎやしないだろうか……

いや。一杯くらいなら、きっと我慢できる。

わたしは腹を括って、おそるおそるそれを一口含んだ。

「……あれ」

予想していたのとは違った味が、口の中に広がる。

確かに苦味はあるんだけど、チョコレートを思わせる甘さのほうが強く感じて、普段のビールよりも断然飲みやすい。

「美味しい」

「それは日本のビールなんだけど、飲みやすくていいだろ。いかにも、女子が好きそうな感じで」

「うん、そうだね」

世の中にこんなに口当たりのいいビールがあったなんて。

これならビールでも美味しく飲める。素直にそう思えた。

わたしは頷《うなず》きながら、再びグラスを傾ける。

「前に平野が、『スイーツとビールが合体したような飲み物があればいいのに！』って言ってたろ。

それ聞いて、真っ先にこれが思い浮かんだんだ。そんな感じ、しない？」

「あはは、その通りだね」

お酒好きであるのと同時に、大の甘いもの好きである陽希の言いそうなことだ。わたしは小さく笑った。

チョコレートをビールの中にとかしこんだようなこれは、まさに陽希の言う通り、スイーツとビールを絶妙に掛け合わせた飲み物だ。

……陽希が言ったこと、ちゃんと覚えてくれてるんだ。思い付きで言ったかもしれない、ほんの些細《ささい》なことなのに。

自分のことではないけれど、そういう何気ないところで彼の優しさを感じて、心がじわりと温かくなった。

「それに、ビールが苦手な人でも飲みやすいかもな」

「……そうだね」

彼がついでみたいに付け足した言葉に、ヒヤリとする。

深い意味があるわけじゃないと思うけど、まるで心の中を見透かされているみたいな台詞《せりふ》だった。

「は、芳賀くんが飲んでるのって、どういうビールなの？」

わたしは話を逸《そ》らすように、彼の手元にあるグラスを示して言う。

「ん、これ？」

するとと、彼はニッと笑って小首を傾げる。

「うまいよ。これはベルギーの白ビールだけど、柑橘《かんきつ》系の風味がして、サッパリ飲める」

「へえ、いろいろあるんだね」

ビールにそんなに種類があるとは知らなかった。ただ苦いだけだと思っていたのに。

「これも女子で好きだって言う人は多いかな」

「ふうん」

「――せっかくだから、飲んでみる？」

「えっ」

わたしのほうへと、表面に細かく汗をかいたグラスが差し出される。

それってつまり、芳賀くんが口をつけたグラスに、わたしも口をつけるってこと？

瞬間的に、その四文字が頭の中を閃光《せんこう》のように走った。

『間接キス』

いらないいっ、大丈夫っ！

――とか発してしまいそうなところを、どうにかこらえる。

ノリのいい陽希ならば、「ありがと～」なんて言いながら、躊躇《ちゅうちょ》なくグラスに口をつけるはずだ。

勧められているのは、わたしじゃなくて陽希なんだから。意識しない、意識しない……！

「じゃあ、一口もらおうかな」

内心、心臓をバクバクさせながらグラスを手に取って、口元に運ぶ。

芳賀くんの視線が気になるよ……

「……こっちも、美味《おい》しいね」

さっきの黒ビールほどじゃないけど、飲みやすい。ほんのりとオレンジの香りがして、女の人が好むというのもわかる気がした。

「だろ」

「うん」

わたしが言うと、芳賀くんはまた笑った。

「ありがと」

グラスの縁《ふち》についてしまったリップグロスを指先で拭い、彼のもとに返す。すると、彼は何のためらいもなくそのグラスに口を付けた。

——今まさに、わたしがグロスを拭ったその場所に！

「……」

何事もないように、澄ました顔をしているつもりだけど、内心恥ずかしさでいっぱいだ。

いや、きっと芳賀くんは狙ったつもりじゃなく、たまたまその場所で飲んだってだけなんだと思うけど……

「料理は、何食べる？」

「えっと、何がいいかなっ」

この動揺を悟られまいと、わたしは敢《あ》えて明るいトーンで言った。

「任せてくれるなら、俺が適当に選ぶけど」

「じゃあ……お願いするねっ。どういうのが出てくるんだろ、楽しみだな～」

彼にメニューのチョイスを任せている間、わたしの脳内では、先ほどの間接キスシーンがリピート再生されていた。

二十五にもなって、間接キスくらいで何をそんなに騒いでいるのかと自分でも呆れるけど、男性に縁のない人生を送っていたわたしにとっては一大事件なのだ。

「何ニヤニヤしてるんだよ」

いくつかのフードメニューのオーダーを終えたあと、彼がおかしそうに訊《たず》ねる。

「え、ニヤニヤしてるかな。そう見える？」

「してる。変なの」

「あはは」

実際のところ、今の出来事で、わたしはキューピッドの矢にハートを射抜かれた人のように、うっとりと夢見心地になっていた。

「平野は、休みの日は何してることが多いの？」

「友達と買い物行ったり、飲みに行ったり。あとはライブに行ったり、かな」

陽希の趣味は人と会うことと、追っ掛けているバンドに尽きる。思い出すまでもなく答えると、芳賀くんは「へえ」と感嘆した様子で続けた。

「随分《ずいぶん》活動的だな。平日働き通しだろ。たまには家で休みたいとか思わないの？」

「全然。時間は自分で作るものだし、自由な時間があれば、楽しく過ごしたいから」

インドアなわたしからすれば、芳賀くんがそう疑問を抱くのもよくわかる。でも、陽希は違うのだ。

かつてわたしが陽希に同じ質問を投げ掛けたときに返ってきた答えを、ここぞとばかりに淀《よど》みなく言った。

「時間は作るものってのは同感。忙しさを理由に動かないのは簡単だもんな。特に、俺らみたいな仕事は」

「そうだよね」

わたしは時折手元の真っ黒なビールに視線を注ぎながら頷《うなず》く。

「遊んでられるのも今のうちだし。そのうち結婚なんかしたら、ある程度は自重しなきゃいけないしな」

「……結婚」

「そう。お互い、もう関係ないって歳でもないだろ」

恋愛経験もろくにないわたしにとっては、宇宙旅行をするというような途方もない話題だと思っていたけれど……そうか。周囲にそういう子がいないだけで、二十五なら家庭を持ったっておかしくない年齢なのか。

「でも何か、平野は、家庭に収まる感じがあんまりしないんだよな」

「そうかな？」

「うん。あ、悪い意味で捉えないで欲しいんだけど」

彼は前置きを入れてから、言葉を重ねる。

「友達も多いし、休日もじっとしてないで、外を飛び回ってる感じ。旦那もそういう平野を見てるのが好きっていうタイプを選びそう」

「そんなことないよ」

おそらく陽希ならそうなるだろうと思いつつ、わたしはつい否定してしまう。

「あたしは、もし結婚するなら、やっぱり旦那さんと一緒に過ごす時間を大切にしたいと思うよ。普段はお互い働いてる分、コミュニケーションを取れるのは休日だけだし」

唇からこぼれたのは、『陽希』の感情ではなく、『那月《わたし》』の感情だった。

姉として話さなければならないのはわかっているけれど、そうしたくないと思う自分がいて、つい口から出てしまった。

「旦那さんの仕事が忙しいなら、愚痴《ぐち》を聞いたりとか、健康を気遣ってあげたりとかしたいし。そんな風に時間を使えたら、すごく幸せだなって思うけど」

「ふうん」

芳賀くんは、怪訝《けげん》そうな顔で頷くと、そこで言葉を止めた。

……あれ。

わたし、もしかして、やってしまった？

「わたし、何か変なこと言っちゃった？」

会話のラリーが終わったことに焦りつつも、あくまで不安げな様子を見せないように気を付けて、訊《たず》ねてみる。

とはいえ、狼狽《ろうばい》からか彼の目を見ることができない。

彼のジャケットの襟元を視界に収めていると、

「いや、やっぱり昔のイメージと違うなって思って」

きっぱり、そう言われた。

「……」

まずい。調子にのって、思ったことを口にしちゃいけなかったんだ。

どう取り繕《つくろ》おう……

「──素直に、いい女だなって思った」

おどろきのあまり芳賀くんの顔を見つめる。と、彼は朗《ほが》らかな笑みで、わたしを見つめ返していた。

「そうやって優しく気遣ってくれる奥さんなら、旦那だって大切にしたいって思うよ。少なくとも、俺ならそう思う」

「そう、かな？」

「共働きなら、休日は自分のために使いたいと思うのが普通だろう。でも、相手のために使いたいって思えるのは、平野が優しいからだよ」

頬がかあっと熱くなる。

「……けど、あたしらしくないかもね。芳賀くんが持ってたイメージとは、違うかも」

「別にいいじゃん」

彼は関係ないとばかりに小さく笑った。

「俺が平野と仲良くなる前に持ってたイメージの話だろ。それなら、違ったって当たり前だし」

「でも――」

そういう陽希のことをいいと思って、陽希の飲みの誘いに乗ったんじゃないのだろうか？

わたしが訊ね返そうとすると、彼はそれを片手で制してから、もう一度口を開く。

「確かに、平野っていつもクラスの中心で賑《にぎ》やかにしてたし、言いたいことは遠慮せずに言うし。相手のサポートをするっていうよりは、自分でガンガン攻めにいくタイプだと思ってたから、意外と言えば意外だったけど……でも、そのギャップで、むしろ前よりも印象がよくなったよ」

「よくなった？」

ぽかんとして訊ねると、彼はゆっくりと力強く頷《うなず》く。

「うーん、何て言えば通じるかな……」

芳賀くんはすこしの間、言葉を選ぶ素振りをしてから言う。

「こないだ会ったときもそうだったんだけど、こう、想像してたよりも自然体でのんびり会話ができるっていうか、肩の力を抜いて話せるっていうのかな。そういうところに、居心地のよさを感じたんだよな、きっと。すごく癒《い》やされた」

そこまで聞いて、びっくりした。

わたしがボロを出したかもしれないと危惧《きぐ》していたのに、芳賀くんはむしろリラックスしてくれていたんだ。

「俺、平日は結構バタバタ慌ただしく動いてるからさ、あんまり心が休まる暇がないんだ。いつも頭のどこかで仕事のこと考えてたりして。でもこの間のあの時間は、そういうのを一時的に全部忘れて、のんびりできたんだよ」

「本当？」

「本当だって。帰り際に楽しかったって言ったのが全てだよ」

芳賀くんは「それに」と付け足す。

「この流れだから言うけどさ。……平野とのメールのやり取りも、俺にとってはいい気分転換になってる。平野、いつも俺のこと気遣ってくれるじゃん。ああいうのも、すごく励みになってたりする」

「……」

わたしが彼にとって、そんなに影響力があるなんて知らなかった。彼の素直な言葉が純粋に嬉しい。

「逆に訊《き》きたいんだけど、平野のほうはどう？　こうして俺と会って二回目だけど、高校の時と比べてイメージ違うとか、ガッカリしたとか。そういうのある？」

「そんなことない」

わたしは思いっきり、ぶんぶんと頭を左右に振った。

「いや、そこまで勢いよく言わなくても」

くっくっと笑いを噛み殺しながら芳賀くんが言う。

すこしうろたえつつも、わたしは続けた。

「芳賀くんは優しいし、頼りがいがあるし、高校のときのイメージと何も変わらないよ。こういう機会があって、本当によかったと思ってる」

わたしは感情の赴《おもむ》くままに言葉を吐き出した。『那月』としての、ありのままの感情を。

「今日だって、芳賀くんに会えるって、ずっと楽しみにしてたしっ。だからこそ、待ち合わせのときは異常に緊張しちゃったりもして。だって、あたし、まさか芳賀くんがもう一度会ってくれるなんて、思ってなかったから」

「誘えよって、こないだの別れ際に言ったのに？」

「それは……流れでっていうか、その場のノリで言った可能性もあるかなって」

「社交辞令じゃないって付け足したけど」

「それ自体が社交辞令って考え方もできるでしょ」

「なんだそれ」

彼はわたしの捻《ひね》くれた分析を聞くと、おかしそうに喉を震わせて笑った。

「いや、どんだけ疑り深いんだよ。面白すぎ」

「うう……」

どうやら、芳賀くんの笑いのツボに入ってしまったらしい。彼は額《ひたい》に手を当てて、まだ笑っている。

ひとしきり笑い終えると、彼は小さく息を吐いてから言った。

「じゃあ、平野も今の俺を見て、ガッカリしなかったってわけだ。……俺に会うの、楽しみにしてくれてた」

「……うん」

しっかりと頷《うなず》く。本人に真っ向から確認を取られてしまうと、すこし気恥ずかしいけれど。

「そういえば、今、最初緊張したって言ってたけど、それは何で？」

「……」

それは、わたしが男の人にあまり免疫《めんえき》がなかったり、人付き合いが苦手という要素がそうさせる部分もあるけれど、一番の理由は、芳賀くんがわたしの憧《あこが》れの人であるからだ。

かつて自分が好意を抱いていた相手と、ふたりきりでどこかに出掛けることができるだなんて、緊張しないはずはない。

「もしその理由が、俺を男として意識してるからなら――俺は、そのほうが嬉しいし、可愛いって思うけどな」

「っ……！」

嬉しい、可愛いという彼の感情にももちろんびっくりした。けれど、わたしは『男として意識してるからなら』というフレーズで、そのとき初めて彼に対する感情が、過去の憧れだけに留まらず、現在進行形の、異性に対する恋愛感情であると気が付いたのだ。

恋愛なんて、わたしとは縁遠いものだと思っていた。

——一週間前、芳賀くんと再会するまでは。

「俺の自惚《うぬぼ》れ？」

「……自惚れなんかじゃ、ないよ」

わたしは首を横に振った。

「そう……芳賀くんの言う通り。あたし、芳賀くんのこと、素敵だなって思う」

芳賀くんは、学生時代のキラキラした思い出の象徴みたいな存在。

だから陽希に入れ替わりを提案されたとき、彼にならもう一度会ってみたいと思えた。

そして、高校のころの好印象を損なっていない彼の姿に、ときめいてしまって。

毎日すこしずつ、メールで連絡を取り合うたびに、彼に対する好意が積もっていき——

……恋をしていた。芳賀くんのことが、好きになっていた。

「面と向かって褒められるの、悪い気しないな」

彼は照れ隠しなのか、また茶化してみせたけれど。

「……ありがとな」

急に真剣な眼差しをわたしに向けて、囁《ささや》くように言う。

「何で？」

「ちゃんと伝えてくれて。俺のこと、そんな風に思ってくれてるって知って、嬉しい」

「……」

心の中で、わたしも嬉しい──と思う。

「俺も、平野にちゃんと伝えたいけど……。今はまだ早いかな、って思う。だから、今日はとにかく、緊張しないで、ふたりでいる時間を楽しもう」

「……わかった」

「ん、よろしい」

芳賀くんの手が、わたしの頭にそっと触れる。

そして優しく二回、ぽんぽんと叩いて、離れていった。

その感触が心地よくて、ホッとして、温かくて。彼と接するときに怯《おび》えて構えていた盾のようなものを、溶かしてくれる感じがした。

……今はまだ早いっていうフレーズが何だかすこし気になるけど。

というか、これってわたしが彼に告白をした──みたいな感じになっちゃったりしてないだろうか。

いや、でも直接彼に対して『好き』とは言ってないし、彼のほうもそんな表現はしていない。わたしが男女の関係にうとくて慣れてないから意識過剰になってしまうだけで、こういう会話は深い意味なくかわされるものに違いない。

だから彼の言うとおり、今はふたりの時間を楽しもう。

それだけで、わたしは幸せなのだから。

「……ありがとう、芳賀くん」

「いいえ」

彼は笑顔を見せてくれてから、ビールを一口飲んだ。

わたしも、手元にあるチョコレートの味がするビールを口に含む。

――美味《おい》しい。大人っぽくも甘くてちょっぴり苦い味は、わたしが芳賀くんに抱く恋心に似ていた。

5

「ありがとうございました」

ある日の午前中。仏壇《ぶつだん》に供えるのだという花を買いに来たお客さんを送り出し、店頭にあるガラスの扉を閉めると、わたしはレジ横に戻って携帯電話を手に取った。

着信を確認すると、メールが一通。差出人は芳賀くんだった。

『明日も先週と同じ、六時に同じ場所でいい？』

わたしは、

『うん、わかった。忙しいのに、いつも時間作ってくれてありがとね』

――と書き記し、送信ボタンを押して携帯を閉じた。

ちょうどそのとき、店の前に一台、白い乗用車が止まった。

中から出てきたのは、五十代の男性。ウグイス色の半そでのポロシャツに、白っぽいズボンを穿《は》いた、小柄ですこしぽっちゃりした体型のその人は、この田上生花店の店長兼社長である田上《たがみ》さんだ。

彼がトランクを開けて、段ボールを抱える間に、わたしは、「お疲れさまです」と挨拶《あいさつ》をしながらガラスの扉を開けた。そして彼が入って来るのを待つ。

「お疲れさま――よいしょっ、と」

彼は店内入ってすぐの場所に段ボールをそっと置くと、大きく息を吐いて両手を払う仕草をしてみせる。

「これ、中身は注文があった鉢植え。午後に新村《にいむら》さんが取りに来るはずだからよろしくね」

「はい、わかりました」

新村さんは、やはりこの近所に住んでいるお得意様のひとりだ。

ガーデニングに凝《こ》っているようで、家の前を通り掛かると、季節の草花がいつも綺麗《きれい》にディスプレイされている。きっとこの鉢植えもそこに加わる予定なのだろう。

「そうだ、鉢植えで思い出したんですけど、マーガレットの苗が欲しいっていうお問い合わせがありました」

「あ、そう。すぐに用意できるからって伝えておいてくれる？　明日にはって」

「はい」

住宅街なので、育てやすい苗を選んで家族で開花までを楽しむ——という家庭は割と多い。今回の問い合わせもそんな感じだった。

わたしはレジ前に戻り、業務連絡などを書き留めておくノートから、件《くだん》の問い合わせの電話番号をピックアップしようとする。

「那月ちゃん」

「はい？」

車に戻るためにガラスの扉に手を掛けた社長が、不意に振り返り、わたしを呼んだ。

「……何か最近、綺麗になったよね」

「え？」

その口調が感慨深げというか、とてもしみじみとしたものだったから、思わずノートを捲《めく》る手を止めて、彼のほうを見た。

「いや、あんまり不用意にそういうこと言うと、セクハラか？　ごめんね」

わたしの反応に焦ったのか、社長が眉を下げつつ訂正する。下心はないのだということを示すかのように、慌てた口調で。

「いえ、あの、そういうんじゃないんですけど」

深読みはしていないことを告げながら、「ただびっくりして」と続ける。

「この間安藤さんのおばあちゃんと道で会ったとき、あの人も言ってたぞ。『最近の那月ちゃんは前よりもイキイキしてる感じがして、いいわね』って。……何かいいことあった？」

「い、いいえ、別に」

——いいことで思い当たることなんて、ひとつしかない。

けれどそれを悟られないように、わたしは首を横に振った。

「いい男でも見つけたの？」

わたしの態度に、踏み込んでも大丈夫と判断したのか、社長がからかうように訊《たず》ねる。

ズバリ当てられたので、声が出るかと思った。

……まあ、いい歳した女性が相手なら、そういう発想は当然なのだと思うけれど。

「そういえば那月ちゃんの浮いた話って、全然聞いたことないよねえ。うちで働いてもう三年目になるっていうのに」

彼は腕を組み、懐かしさに思いを馳《は》せるように「うーん」と唸《うな》った。

そっか。もう社長との付き合いも三年なんだ。

陽希とは別々の大学に進学したわたしは、その四年間のキャンパスライフをほぼひとりで過ごした。

今までは陽希という同い歳で明るい姉の存在があったこともあり、数は少ないものの友達に困ったことはなかった。けれど、その姉のいない新しい生活で、わたしはどうしても積極的に動くことができなかったのだ。

同じゼミの子で、学食で会えば話すくらいの仲の子はいたけれど、今でも連絡を取り合うほどの付き合いの友達は皆無だ。だから大学に行くというモチベーションを保つのに精一杯で、就職活動はおろか、卒業単位の取得さえ怪しい状況だった。

そういう孤独な毎日にも、ほんのすこしだけ、癒《い》やされる瞬間があった。

自宅と駅の間にある花屋の女性店員、金子《かねこ》さんとの触れ合いの時間がそうだ。歳は当時四十そこそこといったところだったと記憶している。

彼女はわたしや陽希が中学に上がるころからその花屋で働いていて、登下校中はよく声を掛けてくれていた。それは大学に入ってからも変わらず、『勉強は楽しい？』とか『今日も一日頑張ってね』とか、二言三言のやり取りを毎日交わしていた。

家族以外との会話をほとんどしないわたしにとって、満面の笑みで語り掛けてくれる彼女の存在は心強かった。単純に、嬉しかったのだ。

大学四年のある朝。いい加減、就職について真剣に考えなければと焦っていたとき、金子さんが花屋を辞めることを知った。田舎《いなか》に住む親御さんの面倒を見るため、実家に帰るのだという。

そのとき、金子さんが思いついたように言った。

『ねえ、那月ちゃん。就職先、ここはどう？』

わたしの就活が上手くいっていないことを知っていた彼女は、帰郷する自分の代わりにわたしが働いてはどうかと提案してくれたのだ。

接客業にためらいはあったけれど、金子さんはその日のうちに社長の田上さんと会う段取りをつけていた。そしてほどなくして、採用決定。

言わずもがな、それが、この田上生花店なのだ。

週五勤務の九時から六時。きちんと社員として働かせてもらっているし、不満は何もない。

本当にいい職場に出会わせてもらったと、心から思っている。

「やっぱり女の子って、好きな男ができると変わるものなんだよね」

「もう、田上さん！」

わたしはくすぐったさで思わず大きな声を上げた。

「わ、わからないですよ。もしかしたら、安藤さんはわたしと陽希を勘違いしたのかもしれないし」

わたしと陽希のことは、このあたりに住む人であれば知っている。もちろん安藤さんだってそうだ。

社会人になって、なおさら派手《はで》――もとい、洗練された陽希を見て、わたしと勘違いしている可能性はある。

「いくらなんでも陽希ちゃんとは間違わないでしょ。雰囲気全然違うし」

「でも顔は一緒ですから。何せ、うちの母親だって区別がつかないんですよ？」

「いやー、それはないと思うけどね～。……まあいいや。とにかく、そっちでも頑張ってよ」

「そっちでもって……」

「じゃあ店番よろしくね～」

社長はそれだけ言い残すと、意味ありげに笑ってガラスの扉から出て、車に乗り込んでいった。

「……わたし、顔に出てるのかな」

社長が去ってから、小さくため息をつく。

明日は芳賀くんと約束している日だから、無意識に顔が緩《ゆる》んでいるのかもしれない。

『俺を男として意識してるからなら――俺は、そのほうが嬉しいし、可愛いって思うけどな』

彼の台詞《せりふ》を思い出して、また胸が熱くなる。

あのあとは初めて会ったときみたいに楽しく飲めて、また終電を逃しそうになってしまったのだった。別れ際、

『今度は俺が誘うから』

と言ってくれて、二日と経たないうちに次に会う日が決まった。

芳賀くんが好きだと自覚しはじめて、一週間。

もう一日中、何をしていても彼のことを考えてしまう。すっかり恋の病に罹《かか》ってしまっていた。

でも彼への気持ちが溢れれば溢れるほど、自分のついてしまった嘘が、背中に大きく圧《の》し掛かってくるのを感じる。

芳賀くんと会うのは楽しい。そしてきっと彼のほうも、少なからずそう思ってくれている。だからこんな風に、貴重なお休みをわたしのために割《さ》いてくれているのだろう。

でも――わたしは陽希じゃなく那月。

彼がありのままのわたしの性格を受け入れてくれているとしても、それはわたしを陽希だと思っているからだ。

最初から別人でした、だましてました、なんてことが知られたら、怒らせてしまうだろう。

いや、絶対怒らせてしまうに決まっている。そんなの、自分が逆の立場だったらと考えてみればすぐにわかることだ。

この間の成り行きを陽希に訊《き》かれたから素直に答えると、『脈ありじゃーん！』という反応だった。

『このままガンガン押せば付き合えるかもねー』なんて無責任なことまで宣《のたま》っていたけれど、そんなことがありえるのだろうか。

いや、わたしが陽希として彼に会っている限りは、まずないだろう。

かといって、今さら、実は妹の那月でした——なんて告白する勇気もないし。

わたしはもう一度、今度は重たいため息をつきながら、ガラスの扉に映る自分の姿を覗き込んだ。

無造作に後ろで束ねた髪。お店用のエプロンの下は、七分丈のTシャツに、スキニージーンズ。足もとは履き古したスニーカー。

動きやすさ重視の服装とはいえ、いわゆるモテ系の服を好む陽希とはえらい違いだ。いくら仕事仕様だからといって酷《ひど》すぎる。

待ち遠しいはずなのに、明日が来るのがちょっと怖い気がした。わたしは思わず、自分で自分の肩を抱いた。

降って湧いた恋にはしゃいでいたわたしの心に、不安の影が浮かぶ。

いずれこうなることは予想できたと言われればそうかもしれない。全ては、一目会うだけで満足できずに、約束を重ねてしまった自分自身のせいだということも、わかっている。

……それでも、会いたい。

芳賀くんの話を聞いて、相槌《あいづち》を打って笑いたいし、わたしの話に頷《うなず》いて、笑ってほしい。

昔は、ただ遠くから見ているだけでよかったのに……いつからか、こんなに欲張りになってしまったなんて。

携帯がビーッと震える音に、意識をそちらへと傾ける。

芳賀くんからメールだ。

『じゃあ明日な。楽しみにしてるから』

「……」

わたしは複雑な気持ちになりつつも、返信を打つために親指を動かした。

いつかはわかってしまうことなのだから、本当のことを伝えなければ――そう決心を固めながら。

◆◇◆

「ごめんね、待たせた？」

ふたりの待ち合わせの定番になりつつある、噴水の前のベンチに到着すると、やっぱり芳賀くんが先に座っていた。

「全然。今日も俺の勝ちだなって思っただけ」

わたしたちはお互いに、待ち合わせの時間よりもかなり早く着いてしまう。まるで到着時間を競っているかのようなもの言いに、ぷっと噴き出してしまった。

「別に勝負なんてしてないよ」

「一番最初は陽希に勝たれちゃっただろ。だから、もう負けないようにしようと思って」

先週会ったときの帰りがけくらいから、彼はわたしのことを『陽希』と名前で呼ぶようになった。

あまりのさり気なさに最初、自分自身もスルーしてしまいそうだったけれど、それだけ親しみを持ってくれているのだと思うと嬉しい。

……これが『那月』だったなら、もっと嬉しいのだろう。『陽希』と呼ばれるたびに、罪悪感を刺激されて苦しくなる。

「行くぞ。今日の店はちょっとだけ歩くけど、いい？」

「うん、大丈夫」

沈み掛けた表情をきゅっと引き締めて、頷《うなず》く。

前回までは、歩いても五分程度だったけれど、今日は確かに、歩く時間が長いように感じた。

「今日のお店は、どんなところなの？」

「んー、駅からすこし離れてるけど、その分店内も静かで、落ち着く感じのところ。陽希、嫌いじゃないと思うよ」

「そうなんだ。楽しみだな」

繁華街を抜け、その途中にある神社に差し掛かる。

「ここを通ると近道なんだ」

その境内《けいだい》を突っ切ると、斜面の急な下りの石階段が現れた。

長さは四十段程度だろうか。表面がゴツゴツしていて、いかにも歩きづらそうだ。

足元は慣れないパンプスだからちょっと不安……と思っていると、

「ほら」

と言って、芳賀くんがわたしのほうに片手を差し出してくる。

その意味がわからず、彼の顔を見返した。

「何ボーッとしてんの。危ないから掴まれってこと」

すると芳賀くんは笑ってそう言いながら、その手でわたしの手をきゅっと握った。

「……っ」

彼の温かな手が、わたしのそれに触れたとき、高校時代のあのシーンが、頭の中のスクリーンに流れ込んできた。

受験前の冬のあの日。教室から保健室へと芳賀くんを連れて行くため、彼に肩を貸したときに感じた温かさや息遣い、彼の髪から香るシャンプーの微《かす》かな匂いが、よみがえってきたような気がして。

ずいぶんと時間が経ってしまったけれど、わたしはこうして彼の近くにいる。

交流もなく、連絡先も知らず、もう二度と会うことはないかもしれなかった彼の、こんなに近くに。

そのことがたまらなく不思議で、いとおしい。

「気を付けて」

「うん」

一段一段、あのころの気持ちを思い出しながら、下りて行く。

「……懐かしいなぁ」

「どうした？」

噛み締めるように呟いた言葉は、彼にはよく聞こえなかったようだ。

「ううん、何でもない」

きっと芳賀くんは覚えていないだろう。

彼は具合が悪かったのだし、そもそもわたしという存在が、彼の中では卒業後は名前も不確かな程度なのだから。

階段を下り終えると、それまで支えてくれていた彼の手が離れていく。

わたしは、名残惜しさでその手を見つめた。

もっと触れていたかった……

けれど、それも一瞬のこと。

「あともうすこしで着くから」

「わかった」

芳賀くんがそう声を掛けてくれると、わたしの視線はその手を離れ、その先にある路地に向けられたのだった。

「今日も遅い時間になっちゃったな。電車大丈夫か？」

「うん、まだ平気」

お店を出て、駅に向かう。

アルコールで赤くなった頬に触れながら、わたしは芳賀くんに頷《うなず》いた。

お別れの時間が近づくこのときが、一番寂しい。

「陽希、すこし酔っ払ってる？」

「そうかもしれない」

普段、そこまでたくさん飲むことのないわたしだけど、今夜は酔っ払っている。

だって今日は、特別な日だから。……わたしが芳賀くんと会える最後の夜だから。とびきり楽しく過ごそう。心の中で、そう決めていた。

彼とお店で過ごした数時間、すごく楽しかったけど、心のどこかでは後ろめたかった。

芳賀くんがわたしを『陽希』と呼べば呼ぶほど、笑い掛けてくれればくれるほど、わたしは彼をだましているのだという感情が湧いてきてしまう。

「ほら、ちょっとよろけてる」

例の神社の階段前に差し掛かると、彼は再びわたしに手を貸してくれた。

「ありがとう」

その手に掴まって、階段を上って行く。

「この階段、下りのときは思わなかったけど、けっこうしんどいよな」

「……」

「陽希？」

今のわたしには、この階段の一歩一歩が、彼との別れへのカウントダウンのように思えて、言葉が出てこない。

口を開《ひら》いたら泣いてしまいそうだった。でも、事実をちゃんと説明するまでは、泣きたくない。

「陽希、どうかした？　気分でも悪い？」

急に口を閉ざしたわたしを心配して、再び声を掛けてくれる芳賀くん。

わたしは一体、何をしているんだろう。こんなに優しい人をだますような真似《まね》をして――

一度心を落ち着けるように深呼吸をする。

大丈夫、ちゃんと言える。

「芳賀くん」

階段を上り終えたところで、わたしはそっと彼の手を離して言った。

「うん？」

「わたし……芳賀くんに言わなきゃいけないことがある」

「俺に？」

わたしは静かに頷《うなず》く。

「どうしても、聞いてほしい。……聞いてくれる？」

「何だよ、改まって。……何、陽希？」

最初は軽い調子だった彼だけど、わたしの深刻そうな様子を察したのか、その表情から笑みが消える。

「わたし……陽希じゃないの」

ついに言ってしまった——と、わたしの中にいる、もうひとりのわたしが叫んだ気がした。

「どういう意味？」

彼が真剣なトーンで訊《たず》ねる。彼の顔を見たら動揺してあとの言葉が出てこなくなりそうだったから、敢《あ》えて足元を見つめる。

「わたしは陽希じゃなくて、双子の妹の那月なの。高校のとき、同じクラスだった」

「……」

彼からの返事はない。

おどろいているのだろうか。それともわたしの話をじっと聞こうとしてくれているのだろうか。

わからないけれど、彼の顔を見て確かめる勇気がなくて、じっと下を向いたまま続ける。

「同窓会で芳賀くんが会ったのは、本物の陽希。でもふたりで会ってたのは、ずっとわたし——那月だったの……。今までだましててごめんなさい」

謝りながら、深々と頭を下げた。

こんな風にしたところで、彼の気持ちが収まるだなんて思っていない。でも、今のわたしには、こうするくらいしか思いつかない。

「――訊《き》いてもいい？」

芳賀くんが静かな口調で言った。

「どうして、陽希――お姉さんの代わりに会うってことになったの？」

感情の読めない、淡々とした声だった。

「それは――あの、前日になって、陽希に急用ができてしまって。それで、陽希がわたしに代わりに行ってほしいって頼んできたの。陽希は、せっかく忙しい芳賀くんが予定を空けてくれたからドタキャンしたくないって言い分だったんだけど、わたしは、そんなの絶対バレるって話はしたの……でも」

わたしは、くじけそうな心を奮い立たせるために、身体の横に下ろしていた手をぎゅっと握った。

「わたし、高校時代に……芳賀くんのこと、素敵だな、いいなぁってずっと憧《あこが》れてたから、今はどうしてるのかなって気になって――会いたいって思ってしまったの」

きっかけは陽希だったかもしれないけれど、決めたのはわたし自身。

最終的には、芳賀くんに対する好奇心が勝ってしまって、代わりに会うことにしたのだ。

「だからって、入れ替わるなんていけないことだってわかってる。陽希として芳賀くんと会って、いつバレるかってヒヤヒヤしたけど……でも、楽しかった。わたしは陽希みたいに、気の利いたことなんて何も言えないけど、そんなわたしと一緒だと居心地いいって言ってくれて……どんどん、芳賀くんに惹《ひ》かれていった」

ただ職場と家との往復しかないわたしの日々に、突然入り込んできた芳賀くん。

わたしの思考の中で、彼の占める領域は着実に増していった。

「だけど、陽希の名前で会うのが辛かったし、何より芳賀くんをだましてるっていう罪悪感に、もう耐えられなくなっちゃった。芳賀くんと過ごす時間が楽しければ楽しいほど、どんどん胸が苦しくなって……。もう全部、打ち明けるしかないって、そう思った」

そこまで言って、わたしはようやく顔を上げた。

「ごめんね、芳賀くん。謝ってすむことじゃないけど……でも、本当に、本当にごめんなさい。許してほしいなんて言えないけど、決して面白がったり、からかったりしてたわけじゃないってことだけは、わかってほしい」

きちんと伝えるべきことは伝えられた。……あとは、綺麗《きれい》にお別れを言うだけだ。

「こんな呆れちゃう話に付き合ってくれて、ありがとう。最後、こんな風になっちゃって、ごめんね。……さようなら」

わたしは最後の一言を告げると、踵《きびす》を返して走り出す。

「――」

うしろから、芳賀くんが何か叫んだ気がしたけど、それに意識を注がないようにして、ひたすら駅を目指して走り続ける。

これで全部終わった。終わらせた。

これから先、芳賀くんと向かい合ってお酒を飲むことも――

仕事の合間に彼からのメールの返信を打つことも――

もう絶対にありえないのだ。そう思ったら、たまらなく寂しくて、悲しかった。

がむしゃらに足を動かし、駅前広場の噴水を越えて改札の中に入ってから、わたしはようやく立ち止まった。

「いたた……」

右足のかかとに、痛みが走る。

見ると、擦《す》れて伝染したストッキングの下で、靴ずれを起こしていた。皮が剥《は》がれてうっすら血がにじんでいる。

一歩歩くごとに、ピリッと弾けるような痛みが伴う。

「……最悪だなあ」

靴ずれも。彼をだましたわたしも。

どっちも嫌いだ――

右足を引きずりながら、わたしはいつもよりずっと遠く感じられるホームまでの道のりを、とぼとぼと歩いて行った。

◆　◇　◆

心にぽっかりと大きな穴が空いてしまったような気分だった。

自宅の玄関に辿り着くまで、何も考えることができない。

門灯《もんとう》の消えた我が家に到着すると、わたしは先週も先々週もそうしたように、音を立てないよう気を付けながら鍵を開け、中に入る。

二階に続く階段を上がると、部屋の扉の前でパジャマ姿の陽希が待ち構えていた。

「那月～。どうだった？　芳賀くんとの三回目のデート♪」

「……」

今のこの気分の沈みようでは、陽希の高いテンションについていける自信がない。

階下の親に気付かれぬように声を潜《ひそ》ませつつも、あからさまにニヤニヤする彼女を押し退《の》け、無言のままドアノブに手を掛ける。

「何よー、どうしたの黙っちゃって。何か失敗でもした？」

「……別に」

「どれ～、お姉さんに話してごらん？　那月のことだし、どうせ考えすぎの気にしすぎなんだろうけど～」

最近のわたしと芳賀くんのやり取りを見て、陽希は『そろそろ付き合えるんじゃない？』なんて言っていた。

だから、わたしの口から悪いニュースが伝えられるとは微塵《みじん》も思っていないのだろう。

「もういいの」

「は？」

「その話はもういい」

「もういいって、どういうことよ」

自室に入ると、後を追って陽希も中に入ってこようとする。

「入れ替わりのこと、全部話した。もう芳賀くんとは会わない」

「あっ、ちょっと――」

陽希を振り切るように、強引に扉を閉めた。

「ねえ、那月ってば。何があったのー？　那月ー？」

大声を出せないから、小さいノックを繰り返しながら陽希が問い掛けてくる。

無視は酷《ひど》いかなと思いつつ、今は自分の感情を優先させたくて、心の中で、陽希ごめん――と呟く。

芳賀くんと会うきっかけを作ってくれたのは陽希だ。だけど今の不安定な精神状態では、ともすれば彼女を責めてしまいそうで怖かった。

入れ替わることはふたりで決めたのだから、わたしに陽希を責める権利はない。それに、そうでもしなければ、わたしと芳賀くんを繋ぐ縁なんて何もなかった。彼女のせいにするのはお門違いなのだ。

しばらくすると、ノックの音がやんだ。

わたしはホッと息を吐いて、のろのろとした動作で部屋着に着替える。陽希の服を着ることも、もうないだろう。

部屋の隅にあるデスク兼ドレッサーに移動し、シートタイプのメイク落としで陽希風メイクを丁寧に拭い去る。

シートを二枚使ってから、傍《そば》にある折り畳みミラーを覗き込んだ。すっかり素の姿に戻っている。

もう自分を偽《いつわ》らなくていいのだと思うと、肩の荷が下りて楽になったような感じもする。けれど、やっぱり心は、寂しさと喪失感でいっぱいだった。

こんな気持ちになるくらいなら、陽希としてでも会い続けるべきだった？

自分自身に疑問を投げ掛け、すぐに、そんなことはないと思いなおす。

仮にそれで芳賀くんとの仲が深められたとしても、ずっと自分を偽り続けるには限界がある。向こうだっていつかおかしいと気が付くときがくるだろう。

うっかりバレてしまうよりは、こうして白状したほうがよかったのだ。

わたしは気持ちが鈍らないうちにと、トートバッグから携帯電話を取り出した。

そして、芳賀くんの登録データを呼び出す。

「……」

画面に表示される彼の名前と電話番号、メールアドレス。

もう二度と連絡はしないと決めてはいるけれど、寂しさに駆られたら、連絡してしまうかもしれない。

そんなかっこ悪いことにならないよう、今のうちに消してしまおう。

消して、彼の存在ごと忘れてしまうんだ。

自分に言い聞かせるように、メニューボタンから『一件消去』の項目を選ぶ。

画面上に出てきた、『本当に削除しますか？』という文字に、まるで引き留められているかのような錯覚に陥《おちい》る。

一瞬気持ちが揺らいだけれど、潔《いさぎよ》くボタンを押そうとした。瞬間――

「っ⁉」

手にしていた携帯が突然震え出した。

ディスプレイには芳賀くんの名前と、通話着信であることを知らせる電話のマークが表示されている。

えっ、えっ？　電話？

思わぬ事態にあたふたする。どうしよう。

どうして彼から電話が？　いや、そんなことより、受けるべき？　それとも着信拒否？

もう連絡を取らないと決めたなら、拒否するべきだけど……

わたしは彼の名前を見つめながら迷った。

迷った挙句――震える手で通話ボタンを押した。そのまま、携帯を耳元に押し当てる。

「もしもし？」

芳賀くんの声が右耳に響く。

もう一生聴くことはないと思っていた彼の声を聴いただけで、胸に熱いものがこみ上げてくるのを感じた。

「もしもし、聞こえてる？」

「……あ、はいっ……」

「よかった」

彼の声はいつもと同じ調子。ハキハキしているのに、どこか優しい雰囲気が漂《ただよ》っている。

「急に走り出したからびっくりした。無事に帰れたか？」

「う、うん……大丈夫」

「そっか」

あのときは夢中だったから完全に意識の外だったけれど、わたしってば芳賀くんをその場に置いて逃げちゃったんだった。

……何から何まで、失礼ばかりだ。

「ちっとも俺に話す隙を与えてくれないから、電話にしてみた。すこしだけ、付き合えよ？」

「あっ……は、はい」

わたしは頷《うなず》きながら、ぴしっと背筋を伸ばした。

言い逃げをするなんて、確かにフェアじゃない。

どんな辛辣《しんらつ》な言葉が降ってきても耐えるつもりで、電話に耳を澄ませる。

「――で、次はいつ会う？」

「……え？」

「だから、次はいつ会うんだよ、那月」

――今、わたしのこと、那月って……そう呼んだ？

「な、何で……？　怒ってないの？　わたし、ずっと陽希のふりをして、芳賀くんのこと、だましてたのに」

「だまされてないよ」

戸惑いながら返した言葉に、彼は笑って答えた。

「俺、最初からわかってたんだ。陽希じゃないって」

「えっ……!?」

夜中なのに、電話口で叫びそうになったのを、すんでのところでこらえる。

「どっ……どういうこと、芳賀くん!?　わかってたって……!?」

わたしの必死な反応が面白かったのだろう。彼はもう一度声を立てて笑う。

「営業をなめるなよ。人のことはよく見るようにしてるし、だいたい那月は演技が下手すぎるんだよ。あれで陽希のふりしてるつもりだったのか？」

「で、でもわたしたち、顔も姿もそっくりだしっ……」

「まあそうだな。見た目はそっくりだったけど、それでも話したときの雰囲気ってあるだろ。那月と陽希は全然違うよ。そういう意味じゃ、全く似てない」

「……」

何てことだろう。まるで脳天に稲妻が突き刺さったみたいな衝撃だった。

「一目見たときから、もうわかってた。だから初めて会った日、那月の名前を何度か出して様子を見てたつもりだったんだけど……」

『気付かなかったの？』とでも言いたげだ。

「二回目に会ったときは、前回の時点でビールが苦手そうだったから、飲みやすいやつを選んだりとか。今日も、『仕事の話をしよう』ってことだったけど、営業の仕事じゃないだろうなって察しはついてたから、深い話は振らなかったろ？」

「う……そういえば……」

そう知ってしまうと、確かに――と納得できるような出来事はいくつもあったのだ。

「俺が疑ってるなんて、全然気付いてなかったんだな」

「はい……」

面目ない。わたしは脱力して頷《うなず》いた。

わたしが陽希じゃないとわかっていたからこそ、彼なりに気を回してくれていたのか。

「……でも、どうして」

だとすると、やっぱり不思議だ。

「わたしが陽希じゃないってわかってたなら、なおさらどうして、何も知らないふりをしていたの？」

察していたのなら、それを指摘することだってできたはず。

「それは、那月と同じ理由」

「わたしと同じ……？」

「そう」

芳賀くんはそう言うと、呼吸を整えるようにすこし間をとった。

「那月にまた会いたかったから。何か事情があるから入れ替わりをしてるんだろうとは思ってたけど、俺が那月に会えるとしたら、それは那月が陽希に化けてるときだけだろうなとも思った。それなら、入れ替わりになんて気付いてないってふりをしなきゃいけない、って。じゃなきゃ、那月には会えなくなるってわかってたんだ」

「……」

信じられない。

芳賀くんが、那月《わたし》に会いたいがために、黙っていたなんて。

「しかし、入れ替わりの理由が姉さんの急用とは、相変わらずのマイペースだな。もっと特別な理由があるのかと思ったけど」

「ご、ごめんね……自由な子で」

「でもそのおかげで、那月に会えた」

「……うん」

その通りだ。陽希が芳賀くんを誘ってくれなかったら、こんな風にふたりで会うこともなかった。

それどころか、彼はわたしの名前すら二度と思い出さないままだったかもしれない。

「芳賀くん、嘘つかないで答えてね。わたしのこと、覚えてた？」

この状況におどろきすぎたせいか、どういうわけかわたしは気分が高揚してきていた。

答えはきっとNOだ。そういう回答を想像しながら、面白がってつい訊《たず》ねる。

「覚えてたよ」

「嘘でしょ？」

「本当だよ」

「わたしはクラスでも目立たなかったし、芳賀くんともほとんどしゃべらなかったのに？」

「接点は少なかったよ。……でもたった一度の思い出が、その人の印象を強く残すことって、あるだろ？」

「思い出？　……わたしと、芳賀くんの？」

心臓がどきん、と高鳴った。まさかという思いが頭を過《よぎ》る。

「高三のとき――あれは確か冬だった。その日ずっと体調が悪くて、それでも受験前だからと思って無理して授業に出てたんだけど、古文の時間に限界が来たんだよな。耐えられないと思って、先生に保健室に行くって言ったら……那月が付き添ってくれたことがあったろ？」

「っ……」

芳賀くんも、覚えててくれたんだ！

「熱でフラフラする俺の身体を、横でずっと支えてくれてた。下りの階段でも、細い腕で支えて転ばないようにって。そのとき、『ああ、優しい子だな』って思った。ただのクラスメートの俺に、一生懸命付き添って。ぐったりしてたけど、嬉しかったのはよく覚えてる」

「……そんな風に思ってくれてたんだ」

わたしだけが覚えていると思っていたのに。

「あのあと保健室についいて、俺をベッドに寝かせてくれた。そのとき、一言礼を言うしかできなかったんだよな。それが引っかかってて、目が覚めたらもう一回ちゃんと言おうって決めてた。でも当たり前だけど、そのときもう那月は保健室にはいなくて……」

授業に戻ったわたしに、改めてお礼を伝えようとしていたことを、わたしはそのとき初めて知った。

「それから――那月のことが気になるようになったんだ」

「えっ⁉」

「でも、共通の友達もいないし、受験で忙しい時期だったから……結局、仲良くなるタイミングも掴めないまま卒業を迎えてしまった。だから、さっき那月が俺に憧《あこが》れてたって聞いて、かなりびっくりしたんだ。……当時、俺に興味を持ってくれてるなんて思いもしなかった」

「……」

あまりに理想的な言葉ばかりが聞こえてくるものだから、わたしは一瞬、自分の頭がおかしくなってしまったのでは、と心配になる。

彼にもう会わないと決めた現実を受け止めたくなくて、思考が逃避しているんじゃないだろうか？

そういう不安に駆られるくらい、幸せな気持ちだ。

「……聞いてる？」

「あ、うんっ……」

つい、口を動かすのを忘れていた。芳賀くんの苦笑に、慌てて返事をする。

「だ、だって……信じられないことばかりだから。芳賀くんが、わたしのことを覚えてたってだけでも嬉しいのに、わたしと同じ気持ちでいてくれてたなんて……き、聞いた今でも、全然信じられないっ……」

このまま意識が薄らいで、目が覚めたらやっぱり夢でした――なんてことになりそうで、まだこの幸運すぎる現実を受け止められない。

「信じろよ。こうして電話で、一生懸命告白してるっていうのに」

「こ、こくは……!?」

うろたえるわたしを、彼がおかしそうに笑う。

「告白だろ。昔だけじゃなく、今も好きです――いや、今はもっと好きです、ってことを伝えるために、電話したんだから」

「……！」

うわ。うわ。うわ……！

わたしと芳賀くんは、両想いだったんだ――！

「わたしも、今のほうがもっと好きっ……！」

矢も楯《たて》もたまらず、わたしは電話口で叫んだ。

「昔だけじゃなくて……今のほうがもっと好きだよ。優しくていつもわたしを気遣ってくれる芳賀くんと一緒にいると、ドキドキして……本当に、大好き、です」

人生で初めての告白。心臓が張り裂けそうな思いで告げると、芳賀くんは、

「サンキュ。……何か、照れるな」

と、はにかんだ声で呟いた。

「――なあ。明日、時間ない？」

ひと呼吸置いてから、彼が訊《たず》ねる。

「あ、明日……えと、あの、仕事のあとなら」

「仕事？」

「うん。わたし、花屋で働いてるの。接客業だから、土日は必ずどちらか出なきゃいけなくて」

「花屋か。イメージにぴったりだな」

「……あ、ありがとう」

陽希として会っている手前、自分のことは何ひとつ彼に知らせていなかった。

「俺、こんな風に本当の那月のこと、全然知らないから、ちゃんと教えてほしい。明日、改めて気持ちを伝えさせて？　……電話でだけって言うのは、不本意だから」

「あっ、ぅ、ぅん」

「じゃあ、仕事頑張ってな。今日は切るよ。明日メールする。じゃ、おやすみ」

「おっ……おやすみなさい……」

通話を終えたけど、わたしはそのままの状態で固まっていた。

わたし、今、芳賀くんに告白されたよね？

明日——また彼に会えるんだよね？

「……やっぱり、夢……？」

「夢じゃないよぉ」

「!?」

ひとりごとに対してレスポンスがあったことにおどろき、わたしは声のしたほうを見遣った。

すると、まるで忍者のようにすすーっと扉を開け、薄ら笑いを浮かべた陽希が登場した。

「は、陽希っ……」

「相手、芳賀くんでしょ？　暗い顔して帰ってきたと思ったら、なーんだ、明日も会うんじゃん。心配してついつい聞き耳立てちゃったよ～♪」

「聞き耳って！」

「それに～、何だかハッピーが溢れるような内容だったみたいじゃん？」

「……そう、かも」

確かに自分史上、最高にハッピーな内容であったことには間違いない。

「『そうかも』だって！　わー芳賀くんの声が聞こえなかったのが惜しいわー」

だけどその余韻に浸《ひた》ることも許さず、はやし立てる陽希。

彼の声が陽希に聞こえていなくて心底よかった。人生最初で最後かもしれない好きな人からの告白を、外野に聞かれるなんてたまらない。

「ねー気になるんだけど。詳細教えてよ！」

「ええっ？」

「何でよ～。もとはと言えばあたしが芳賀くんに約束を取り付けてたから、今があるんでしょ？」

「そ、そうだけど……」

それを持ち出されると弱い。

「そんな面白い話、ひとり占めなんてずるい！　拒否するなら、お母さんたち起こして、那月に男ができたかも～って言いふらすよ？」

「わかった、わかったからそれだけはやめて――」

……芳賀くんが気を遣って早めに電話を切ってくれたというのに。

結局、わたしは今日一日の詳しい経緯を陽希に話さなくてはいけないハメになり、夜更かしをしてしまった。

6

次の日。

わたしの仕事終わりの時間に合わせて、芳賀くんが地元の駅まで来てくれることになった。なので、近所の洋食屋さんで一緒にご飯を食べる約束をしている。

メイクや洋服はどうしよう――と悩んだけれど、結局普段の自分のスタイルで、芳賀くんと向き合うことにした。もう自分が那月であることを打ち明けた今、陽希の真似《まね》をした格好で会うのは、違う気がしたのだ。

もちろん、素のままの自分では受け入れてもらえないかも、という葛藤《かっとう》はあった。薄いナチュラルメイクに、シンプルなパンツスタイルは、彼の好みではないのかもしれない、と。

だけど改札を出てすぐ、彼は迷うことなくわたしに気付いてくれた。

「那月」

「へ、変じゃない……かな？」

陽希という変装を解《と》いて会うのは初めてだからか、妙に恥ずかしい。

ところが彼からは、

「俺はそういう、素朴なほうが好み」

と、直球が返ってきた。

どうしよう。なんだかさっきよりもずっとずっと恥ずかしい。

ディナータイム真っ最中の洋食屋さんだったが、運よくすぐに店内へ通してもらうことができた。

席に着き、まずはオーダーをすませる。店員が去るやいなや、彼が居ずまいを正した。

「那月、俺と付き合ってほしい」

――これまた直球も直球。改めての告白だ。

「よ、よ、よろしくお願いします」

こうして面と向かって男の人に告白されたのは初めてで、答える声が、緊張のあまりガタガタに震えてしまう。

真正面にある彼の顔が、噴き出し笑いで歪む。

……ああっ、今のナシ！　こんなはずじゃなかったのに！

恥ずかしい……もう一回やり直ししたいっ。

「そういうところも、可愛い」

「……っ」

赤面していると、手元に置いた携帯が震えた。メールが届いたのだ。

陽希からだ。

『家に帰ったよ☆　今、芳賀くんと一緒なんだよねー？　入れ替わりのこと、あたしからも謝らなきゃだし、合流してもいーかな？』

謝りたい――なんて書き方だけれど、陽希の性格上、それだけが理由ではないはず。

おそらく、わたしと芳賀くんのことを、自分の目で確認したいのだろう。

「ねえ、芳賀くん」

「うん？」

「陽希がこっちに来て、謝りたいっていうんだけど……呼んでもいいかな？」

「もちろん。来てもらってよ」

芳賀くんが嫌な顔ひとつせずに了承してくれたので、わたしはその旨を陽希に返信した。

オーダーした焼きたてのハンバーグプレートがテーブルに届くのとほぼ同時に、陽希もわたしたちのもとへとやってきた。

「芳賀くん、久しぶり～」

「久しぶり」

陽希はわたしのとなりに座るなり、オレンジジュースをオーダーした。食事はもうすませてきたらしい。

「そうして並んでると、やっぱり双子なんだなって思う」

「えへへ、でしょー？」

雰囲気の差はあれど、顔の作りはかなり似通っているわたしたちを眺めて、芳賀くんがしみじみと言うのに対し、陽希がなぜか得意げな反応をする。

けれども彼女はすぐ神妙な面持ちになると、まっすぐに彼の瞳を見つめた。

「芳賀くん」

そして、深々と頭を下げる。

「入れ替わりのこと、ごめんなさい。からかったり困らせたりするつもりじゃなかったけど、それでも、よくないことだったってわかってる。本当に、ごめんなさい」

陽希がこんな風に真剣に言うのは珍しい。

彼女は、いつもどこか掴みどころがなく、飄々《ひょうひょう》としているから。

「今回のことはあたしが持ち掛けたの。那月はあたしの言うことを聞いて、それに付き合ってくれただけだから」

「陽希……」

陽希なりに、わたしを庇《かば》ってくれているのだろう。

「わかってる。陽希、顔上げて」

芳賀くんが優しく陽希に言葉を掛けた。

そして彼は、前日にわたしに電話で話したのと同じように、わたしが陽希でないことに気付いていたこと、結果こうしてわたしと約束を重ねることができてよかったことなどを告げ、陽希のことは一切責めなかった。

それで安堵したのか、いつもの調子に戻った陽希は、やたら、「よかったー！」だの、「おめでとう！」だのを連呼して、饒舌《じょうぜつ》になっていく。飲んでいたオレンジジュースにお酒でも入っていたのでは、と勘繰りたくなるくらい上機嫌だった。

「可愛い妹を末長くよろしくねー！」

なんていう陽希に、芳賀くんが「当然だろ」と答えてくれたりするのを、わたしは遠い世界の出来事を見ているような気分で聞いていた。

それまでのわたしは、芳賀くんと恋人同士になったという事実が、まだいまいちピンときていなかったのだけど——このときようやく、ああ、そうなんだ——と実感できたのだった。

◆　◇　◆

彼と付き合いはじめたあたりから、世間的には大型連休がスタートしていた。

『どこか空いてる日はある？』

と彼から訊《たず》ねられたけれど、母の日が近いこの時期、花屋は稼《かせ》ぎどき。その週は平日分の休みは返上して、わたしは六日勤務になっていた。

それでも何とか、通常の休日である土曜日に会えることになったのだけど、ここで問題が。

デートに着ていくような服がない！

……生活のほとんどを自宅か職場で過ごすわたしに、オシャレ着なんてものは存在しなかった。

慌てて陽希に相談して、彼女の持っている服の中から自分の好みで、なおかつ合いそうなものをチョイスし、それを借りることにする。

結果、陽希と同じ格好をしていることにはなるけれど、気分は全く違っていた。『陽希そのものになりきらなきゃ』という気負いがない分、彼女の服に袖を通すことに罪悪感はなかったし、むしろこれからは、自分でもこういうものを揃えなければという気にさせられた。

今回のデートも、それまでと同じ。駅前に噴水のあるあの駅で待ち合わせ、お酒を飲みながらさまざまな話をした。

自分の話をする、というのが今までになく、新鮮だった。今までは陽希のことを自分のこととして話さなければならなかったけど、今はもうその必要もない。

高校を卒業してからのこと。高校時代の友達のこと。今の仕事のこと。

芳賀くんは、その全てを楽しそうに聞いてくれた。

流れで、恋愛の話題になる。

「那月は、いつから彼氏いないの？」

いつからも何も、これまでの二十五年間、ずっといないのだ。

でも、そんなの正直に答えてしまったら、引かれないだろうか？

二十五といえば、そろそろ結婚する人も増えはじめる。なのに、恋愛経験値がいまだにゼロだなんて……彼を困らせてしまうような気がした。

「い、一年くらい前かな」

付き合いはじめた直後だし、嫌われるのが怖くて、つい見栄を張った。

結局その話はそこで終わって、すぐに別の話題に切り替わったけれど、いない歴＝年齢のわたしにはかなり心臓に悪いやり取りだった。

「あ、ヤバい。那月、時間大丈夫？」

「あっ……」

もう後ろめたいこともないし、会話に夢中になっていたのだろう。

腕時計で時刻を確認すると、もう電車がなくなる時間だった。

「どうしよう、間に合わない」

彼と会った帰りは、だいたい同じ電車に乗っているからわかる。今からお店を出ても、もう終電には間に合わないだろう。

「俺も、厳しいかも」

逃してしまったのは芳賀くんも同じみたいだった。

「――じゃあ、どこか泊まる？」

「えっ」

続いて発された言葉に、思わず声が出た。

泊まるって……わたしと芳賀くんが、一緒に……ってことだよね？

そ、そりゃあ、いい大人だし、恋人同士ならいつかは必ず訪れる出来事だろうけど……

まだキスだってしてないのに、いきなり……？

「やっぱり、急すぎるよな」

わたしの反応を拒絶だと思ったらしい彼が、小さく笑う。

「タクシー呼ぶよ。那月の家を通って、降ろしてから帰る」

「そっ、そんな、悪いよ」

うちを経由して――だなんて、時間もお金も掛かりすぎる。そんなの、申し訳ない。

「でも、このあたりはネットカフェとか、二十四時間のファミレスとかもないんだ。この店だってじきに閉まるだろうし、ずっと外にいるわけにはいかないだろ？」

「けど……」

「それに明日はお互い仕事だろ。俺は帰りが遅いのは慣れてるからいいけど、那月のこと疲れさせたくないし。遠慮するなって」

「……」

そう、明日はわたしも彼も仕事だ。だからできれば、家に帰って身体を休めたい。

だけどタクシーでわたしを送ったあとに帰るんじゃ、どのみち芳賀くんの帰りは遅くなる。

……なら、一番いい方法は。

「――ろう」

「うん？」

ありったけの勇気を振り絞って言ったつもりが、実際はほとんど音になっていなかったようだ。

訊《き》き返す芳賀くんに、わたしはもう一度その言葉を口にする。

「それじゃあ、泊まろう。……こ、このあたりに、ふたりで泊まれるような場所……ある、かな？」

――言ってしまった。ふたりで泊まろうって。

「那月、嫌じゃないの？」

「嫌って？」

「俺、那月が思ってる以上に、那月のこと好きだから――一晩一緒にいたら、何もしないって約束はできない。それでもいい？」

「！」

芳賀くんが珍しく真面目なトーンでそんなことを言うものだから、ただでさえドキドキしていたわたしの心臓は爆発寸前だった。

『一晩一緒にいたら、何もしないって約束はできない』

それって、ズバリ宣告されてるわけだよね？　……そ、そういうことをするって。

正直、戸惑いはあるけれど、嫌悪感は一切なかった。

芳賀くんになら、何をされても構わない。

お、お互いに好き同士だし、二十五年間、守り続けたものを捧げたって……！

「……芳賀くんなら、いいよ」

こうしてわたしたちは、近くのシティホテルに入った。

彼が選んでくれたのは、ビジネスでの出張にも使用されそうな、小綺麗《こぎれい》な建物のダブルの部屋。

いかにもな感じのファッションホテルだと、やっぱりちょっと怖い気がしていたのでホッとした。

そういったホテルはドラマや映画でしか見たことがないけれど、いずれも派手派手《はで》しい色彩や鏡張りの室内で、すごいデザイン感覚だな、と身震いした覚えがある。

大きなダブルベッドに、テレビにテーブルセットだけの簡素な部屋だけれど、こっちのほうがずっと落ち着く。

別室のユニットバスとトイレを確認して部屋に戻ってくると、芳賀くんに後ろから抱きすくめられた。

「っ……」

「那月が、自分から言ってくれるなんて思わなかった」

自分から——というのは、泊まろうと発言したことだろう。

「最初に俺が聞いたとき、気が進まなそうだったから」

「そ、そんなことないよ、ただ」

「ただ？」

口が滑《すべ》ってしまった。どうしよう……本当のことを言っていいんだろうか？

「……何、震えてんの」

彼は笑いながら、無意識のうちに握りしめた両手に、片手を被せてくる。わたしの両手は、小刻みに震えてしまっていた。

……やっぱり、隠し通せない。芳賀くんはきっと、気付いてしまう。

同じ顔の陽希になりきることすらできなかったわたしが、初めてじゃない風に振る舞うなんて、絶対に無理だ。

どうせバレてしまうのなら、今度こそ嘘をつかず、自分の口で伝えなきゃ。

「芳賀くん、実は、わたし……さっき嘘ついたの」

「何？　……もしかして、実は今日は陽希が那月になってるパターン？」

「ううん」

耳元で茶化す彼に、わたしは噴き出しつつ、小さく首を振って答える。

「お、おどろかないで聞いてね。……わたし、実は今まで、誰とも付き合ったこと、ないの」

——どうか、嫌われませんように。そんな願いをこめて、続ける。

「だから……初めて、なの。何もかも」

◆◇◆

「那月。目、瞑《つむ》って」

「っ……」

わたしは芳賀くんに導かれるままに目を閉じ、その瞬間を待った。

唇に、何か温かなものが触れる。今までに経験のない、新鮮な感覚。先ほど彼が食べていた、ミントタブレットの香りが、微《かす》かにする。

これが芳賀くんの唇なんだ——と意識すると、心臓が爆発してしまうのではと危ぶむほど、大袈裟《おおげさ》な音を立てた。

備え付けのバスローブの袖をぎゅっと握り、僅《わず》か数秒の後。彼の唇がゆっくりと離れていく。

二十五歳で、ようやくのファーストキス。重たい荷物を下ろしたあとのような、ホッとした気持ちと、すこしの喪失感とで、複雑な気分に陥《おちい》る。

「そんなに警戒するなよ」

「ご、ごめんっ……」

警戒しているつもりはなかった。極度の緊張で、倒れそうではあるけれど。

「いいよ、わかってるから」

そう言って、芳賀くんは優しくわたしの頭をぽんと叩いた。

「――初めてなら仕方ない。でも、必要以上に怖がる必要ないから」

「うん……あ、ありがとう」

彼はわたしの目元にキスを落とすと、わたしをゆっくりとベッドに押し倒した。

顔を近づけ、触れるだけのキスを二度、三度繰り返したあと、ほんのすこしだけ唇が離れて――

そして再びキス。

「んんっ」

温かくてぐにゅぐにゅしたものが、歯列を割って入り込んでくる。

ミントの爽《さわ》やかな香りが強くなった。表面はざらざらしているのに、唇よりも柔らかな感触。

それは、緊張で縮こまったわたしの舌を掬《すく》い上げたり、ちろちろと先で刺激してきたりする。

「これが、ディープキス。気持ちいい?」

――芳賀くんの舌が、わたしの舌に絡まってる。

粘膜が触れ合うゾクゾクした感覚を味わいつつ、わたしは微《かす》かに頷《うなず》く。

「なら、よかった――」

彼はそう言って、再び唇を深く重ねてくる。

舌同士を擦《こす》り合わせたあと、彼はわたしの舌を吸ったり、唇で挟んでその感触を確かめるみたいに遊ばせる。

くすぐったいような、でもどこか心地いいような。触れ合うたび、頭の中がとろとろとクリームみたいに溶かされていく。

「同じように動かしてみて」

再び、すこしだけ遠ざかる唇。それでも、一秒足らずでまた重なりそうな距離で、彼が囁《ささや》く。

「俺がしたみたいに、今度は、那月がしてみて」

「そ、そんなの、難しいよっ」

こっちは、されるがままの状態でさえも緊張がＭＡＸなのに。自分からなんて、難易度が高すぎる。

「大丈夫。マネすればいいだけだから――ほら」

「んっ」

キスまでなら手伝うとばかりに、また唇同士が重なる。

けれど、そこから先は知らないというかのように、彼は動かない。

そして、わたしの鎖骨のあたりをトントンと叩く。催促《さいそく》しているかのようなそれは、わからないならわからないなりにやってみろ、ということなのだろう。

恥ずかしさと困惑とで、頭が変になりそうだ。それでもわたしは、彼の言う通り、舌先を動かしてみた。

彼の唇をこじ開け、舌を侵入させる。軽く開いた歯列の向こうにある、彼の舌を、猫がミルクを飲むように舐めてみた。

……やっぱり、不思議な感触。

「やればできるじゃん」

彼は至近距離でそう呟くと、ちゅっと音を立てて軽くキスした。

「……芳賀くん、ごめんね」

わたしは彼の顔を見上げて、小声で謝った。

「何が？」

「この歳なのに、全部初めてって……びっくりしただろうし、呆れたでしょ？」

「そんなことない」

だが彼はキッパリ、そう言った。そして続ける。

「正確に言うと、びっくりはしたよ。でもそれは、マイナスな意味じゃなくて」

「……？」

意図がわからずに芳賀くんの顔を見つめていると、彼は「だって」と楽しげに笑った。

「那月の初めて——俺が全部もらえるってことだろ。それって、すごく嬉しいことじゃない？」

「嬉しい？」

「そう。今までに、他の男とそういう関係になったことがないって、那月の全てを俺がひとり占めできるってことじゃん。俺、結構独占欲強いから、めちゃくちゃ嬉しい」

心の内側が、カップに紅茶を注ぐように、温かいもので満たされていく。

「納得してくれた？」

「……うん」

頷《うなず》くと、芳賀くんはわたしの頭をそっとなでた。

「那月の知らないこと、俺が全部、教えてやるよ」

言いながら、彼の唇がわたしの首筋に触れる。

「あっ……」

唇にばかり意識がいっていたから、無防備なその場所に与えられた刺激が、くすぐったい。

「那月の肌、白くてすべすべしてて、気持ちいい」

彼は唇で首筋をなぞりつつ、鎖骨まで降りていく。

「これ、邪魔だから取っちゃうよ？」

バスローブの結び目を、芳賀くんが解《と》いていく。

その手の動きを、そっと制した。

「……は、羽織ったままでもいい？　恥ずかしくて」

男の人はおろか、温泉や銭湯などで女性に裸を見られることさえ苦手なわたしは、全てが彼の目に晒《さら》されるのに抵抗があった。

「どうして？　那月の身体、ちゃんと見たい」

「じ、自信ないしっ、まだそこまで、思い切れなくてっ」

きっと芳賀くんはそれなりに経験があるだろうから、女の人の裸なんて見慣れているのだろう。

高校時代、彼に声を掛ける女の子は可愛い子が多かったし、スタイルのいい子だっていた。そういう子と比べられたら——立ち直れない。

「心配いらないと思うけど、わかった。じゃあ今日はこのまま、な」

わたしの気持ちを慮《おもんぱか》ってくれたのか、彼はそれを了承して、バスローブの合わせ目からそっと手を差し入れた。

彼の大きな手のひらが、わたしの腹部をなでた後、上昇して胸の膨らみに辿り着く。

「ここ、触るよ？」

「ふぅっ……」

親指と人差し指の間で、膨らみを持ち上げるようにされる。

その動きがエロティックで、わたしの唇からはため息みたいな声がもれた。

「胸、触られてる感じ、わかる？」

「わ、かる……っ」

いつもはブラジャーで覆われているその部分に、誰かが触れているのが不思議でたまらなかった。

「もっとわかるところ、触ってあげる」

そう言ったあと、彼の指先がバスローブの下で、膨らみの先端を捉える。

「ひゃあっ」

膨らみよりも断然神経が鋭敏なその場所に、微弱な電流を流されたみたいな刺激が走る。

「気持ちいい？」

「わかん……なっぁあっ」

先端を指の腹を擦《こす》り合わせるように、何度も優しくなでられる。

恥ずかしさでつい、嘘をついてしまった。

「すぐにわかるようになるよ。気持ちいいって」

芳賀くんがニッと笑って、バスローブの胸元をすこしはだけさせる。

すると、上を向いた胸の先が露《あら》わになった。彼は、そこに唇を寄せて――ちゅうっと音を出しながら吸い立てる。

「ふぁあっ！」

指で触れるのとは全く違った種類の刺激が、胸の先端を支配する。

まるで、神経を剥《む》き出しにして、そのまま舐められているみたいな感覚。

……ムズムズして、いても立ってもいられなくなるような――

「感じる？　こんな風に、口でされると」

「んんんっ」

芳賀くんの問い掛けに、喘《あえ》ぎをもらしながら頷《うなず》く。

気持ちいい。

わたしの知らない類《たぐい》の刺激だった。ひとりでは感じることのできない、愛する人がいるからこその刺激。

片方の胸を、たっぷり時間を掛けて愛撫されたあと、もう片方の胸に移る。

「那月のおっぱい、美味《おい》しいよ」

「っ……！」

彼が、そんな単語を口にするなんて！

わざと羞恥《しゅうち》を煽《あお》るような言葉を言われている。そう意識すると、わたしの身体はもっともっと敏感になっていくような気がした。

彼は反対側の胸もいとおしみつつ、片手でわたしのわき腹をなで、下腹部へとその手を進める。

「やぁっ」

シャワーを浴びたあと、ショーツを身に着けるべきか迷って、結局穿《は》かなかった。

だから今、わたしのそこは無防備な状態なわけで……

「大丈夫」

芳賀くんは安心させるように言葉を掛けると、おへそを通って恥丘に指先を滑《すべ》らせた。

恥毛をなでてから、彼の指が恥ずかしいその場所を通りすぎ、内股に到達する。

「すこしずつ——慣らしていくから」

ゆっくり、ゆっくり。円を描いて、彼の熱い手が内股をなでつける。

そしてその手が、時間を掛けて上昇する。目的地がどこであるのかは、もちろん、わたしにもわかっている。

彼は、時折わたしの唇にキスを落としながら、これ以上ないくらい丁寧に、わたしの緊張を解《ほぐ》そうとしてくれる。

「いい？」

わたしは頷《うなず》いて、なるべく身体中の力を抜くように、一度深呼吸をした。

彼が足の付け根に置いていた指先をつっと動かし、入り口の部分に触れる。

「んっ」

わたし以外、誰も触れたことのないその場所に、芳賀くんの指先が侵入しようとしている。

ほんのすこしの躊躇《ためら》いのあと、彼の指先が入り口の縁《ふち》に押し当てられる。

「ふぁあっ……！」

胸なんかよりも、もっと強烈な刺激だった。

胸の先に触れられるのが微弱な電気を流したときのように感じるならば、これはバチバチと音がする電気を浴びせられたような、そんな感覚だ。

「びっくりした？」

「う、んっ……」

そう答えるのが精いっぱいだった。

「でも、ここ、慣らさないと――」

芳賀くんの指は、すでに潤《うるお》いはじめているその部分を丁寧に掻《か》きまぜ、滴《したた》るそれをゆっくりと入り口全体に塗り拡げていく。

「俺のが、挿《い》れられないでしょ？」

「っ！」

恥ずかしいところを弄《いじ》りながら、芳賀くんが耳元で意地悪く囁《ささや》いた。

顔から火を噴きそうになり、思わず自分の顔を両手で隠そうとしたけれど、

「だーめ」

と、あっさり手を退《ど》けられてしまう。

「那月の感じてる顔、俺に見せてよ。じゃないと、つまんない」

芳賀くんは意地悪だ。

そうやって、恥ずかしくなるようなことを平気で言うんだから。

下肢を探る彼の手が入り口の真上に位置する敏感な粒を探し当て、そこを指の腹で捏《こ》ねる。

「ぁあっ……！」

今までで一番強い快感。もはや痛みにも近いほどの、鮮烈な刺激だ。

「ここ、イイの？」

弾けるようなわたしの反応で、彼は手ごたえを感じたのか、身体を捩《よじ》るわたしを押さえつけながら、そこの愛撫に専念する。

「やぁ、やめてっ、芳賀くんっ」

「こうされるの、苦手？」

「だってっ、そこ、変になりそうでっ！」

ずっと触れられ続けていると、頭がおかしくなりそうだった。

気持ちいい。気持ちいいけど、刺激が強すぎてっ……！

「変になればいいのに」

「そんなの、無理っ！」

「どうして？　嫌がってる割には感じてきて、ここ……かなりトロトロになってるけど？」

彼が指摘する通り、弄られているその場所には恥ずかしいほどに蜜《みつ》が溢れ、くちゅくちゅと水音までもれてしまっている。

気が付けば、彼の指先を、第二関節あたりまで何の抵抗もなく呑みこんでいた。敏感なあの部分に触れられながらだったからか、痛みはなかった。

「もう、挿《い》れても平気そうだな。俺も我慢できない。いい、那月？」

真上から見下ろす彼の瞳に、今まで見たことのない欲望が滲《にじ》んでいる。

――わたしの痴態《ちたい》を見て、芳賀くんが欲情してくれている。

わたしが彼をそうさせたのだという事実に、たまらなく嬉しくなった。

「……うん」

早く彼とひとつになりたい。その一心で頷《うなず》くと、彼はもどかしそうにバスローブの合わせ目を解《と》いた。

「――楽にしてて。なるべく痛くないように、頑張るから」

枕もとにあった避妊具を装着し、わたしの両脚を抱え上げた芳賀くん。そして中心に、熱くて硬い何かが触れる。

……これ、もしかして、芳賀くんの？

「挿《い》れるよ――」

「ぁっ！」

そう思うや否や、指とは比べ物にならない質量が押し込まれてきた。

「んんっ！」

圧迫感で、意図しなくても呻《うめ》くような声が出てしまう。

苦しい。こんな大きなものが、本当にわたしの膣内《なか》に収まったりするんだろうか？

助けを求めるみたいにして芳賀くんの瞳を見つめると、彼はわたしに深く唇を重ねてきた。

「ん、ふぅっ……」

触れ合う唇と唇。絡み合う舌と舌。

舌がお互いの口腔《こうこう》を移動するたびに、頭の中を優しく掻《か》きまぜられるような、妙な気分に陥《おちい》る。

頭の中心がボーッとして、熱を帯びて、思考が停止してしまうような……

彼の熱いキスのおかげで、下腹部は強い痛みを感じないまま、彼を最後まで受け入れることができた。

「あぁっ！」

「全部挿入《はい》ったよ」

芳賀くんはわたしの唇を解放すると、接合部を示して呟く。

わたしの上に乗っている彼には、その様子がよく見えるのだろう。

わたし――大好きな芳賀くんと、今、ひとつになってる。

高校時代の憧《あこが》れの人と……二度と会えないと思っていた人と、えっちしちゃってるんだ！

恥ずかしい！　そんなところ、直視しないで。

「しばらく、このままがいい？」

「ううん。……動いて大丈夫」

わたしは彼の瞳を見つめ返して答える。

「本当？」

彼の眉が、心配そうに下げられる。

「うん」

わたしはしっかりと頷《うなず》いた。

たとえ身が割《さ》かれるような痛みが生じても、芳賀くんがわたしの膣内にいるからなのだと思えば耐えられる。

むしろ、その痛みすらいとおしく思えるかもしれない。

わたしの意思を確認して、芳賀くんが律動をはじめる。

「んんっ」

身体を気遣ってくれているのか、ゆっくりとしたペースで切っ先を奥に押し当てたり、引き抜いたりを繰り返す。

「はぁっ、んっ、くっ……」

はじめこそ、ピリピリと膣内《なか》が擦《す》りむけるみたいな痛みがあったけれど、抽送《ちゅうそう》が繰り返されるうちに、それは次第と薄れていく。

散々弄《いじ》られ、たくさん溢れてきた蜜《みつ》が、潤滑油の役割を果たしているからだろう。

「那月っ」

「は、がくんっ……」

身体の中心で繋がり合ったまま、どちらともなくキスを交わす。

キスは愛情を確認するためのもの。そんなイメージがあったけれど、重ね合わせた粘膜から、快感を得ることだってできることを、彼に教えてもらった。

「はぁっ……俺たち、欲張っていろんな場所でキスしてる」

唇を離し、鼻先を擦り付けながら、微《かす》かな声で彼が囁《ささや》く。

「いろんな場所――？　……あ」

唇と、身体の中心。二ヵ所で繋がってるってことを言いたいのだ。

欲張りだなんて表現をされると、その行為がはしたないように思えて、身体の奥のほうがジンと熱くなる。

「こんなに触れ合ってても足りないっ。もっと、那月に触れていたい」

芳賀くんは切なげに言うと、また噛みつくように唇を重ね合わせてくる。

「ふ、むぅっ……」

ただ触れ合うだけのソフトなものから、相手の口腔《こうこう》に舌を差し込むような深いものまで。わたしたちは、まるで初めてそれを覚えたかのように、互いを求め、味わう。

「ごめん、ゆっくりしようと思ったのに……止まらない」

彼だけでなく、わたしも止まらない。止められない。

芳賀くんのこと、もっと欲しいと求めてしまう。

キスに夢中になる傍《かたわ》らで、律動の速さは増していく一方だった。

「だ、いじょうぶっ、平気、だからっ……」

答える声が途切れ途切れなのは、痛みを我慢しているのではない。快感に揺さぶられているからだ。

「あぁっ、はぁ、んんっ……」

なりふり構わず、奥深くを目指して突き立てられる彼の切っ先が、敏感な粒に擦《こす》れる。そこでもたらされる快楽に、たまらず喘《あえ》ぎが生じてしまうのを、我慢したいのに……おさえきれない。

「可愛い。那月……好きだよ」

「わたしも、好きっ！」

「那月のここも、俺のことが好きだって吸いついてくる」

「やぁっ」

強く腰を押し付けられたあと、また引いていく彼の熱。

それに追いすがるみたいにして、膣内の襞《ひだ》が、彼自身に絡みついているのがわかる。

お腹の底が熱い。それに、切ないような何かが、せり上がって来る。

「芳賀くんっ！」

彼の背中に回す腕に力をこめた。

「変な、感じっ……わたしっ！」

「どうした？」

芳賀くんがわたしの身体の内側を抉《えぐ》るたび、快感と幸福感とが積み上がっていく。

好きな人と繋がるのが、こんなに気持ちいいなんて。……知らなかった。

「身体が、変なの……身体の中心が、弾けてしまいそうでっ！」

今まで感じたことのない、初めての感覚だった。

このまま身を委《ゆだ》ねてしまったら、自分が自分じゃなくなってしまいそうな、怖い感じ。

戸惑いのままに口にすると、彼はわたしの膣内《なか》を穿《うが》ちながら言った。

「大丈夫――とびきり気持ちよくなるってことだから。怖がらなくていい」

「んんんっ！」

そう言うと、彼の腰の動きがより激しいものになった。

まるで、まだ知らない世界にわたしを誘うかのような力強さで貫かれ、夢なのか現実なのかわからなくなるほどの強烈な感覚に襲われる。

「はぁっ、んんっ。く、はぁんっ！」

ただ呼吸をしているつもりなのに、唇からこぼれてしまう喘《あえ》ぎは、普段の自分の声色とは全く違う。興奮と欲情に濡れた声だ。

「那月――俺、もうっ」

「ぁああっ！」

彼の突き上げが一際強くなった次の瞬間、わたしの中で膨らんでいた何かが、急にぱちんとはじけるのを感じた。

心地よい痺《しび》れが脊髄《せきずい》に駆け上がり、じわじわと甘美な余韻を残す。

彼のほうも、同じ感覚を味わったのだろうか。それまで、貪《むさぼ》るようにわたしの膣内を往復していた動きが止まった。

その直後、膣内で脈打つような感覚とともに、彼が脱力し、上体がわたしの上に伸し掛かってきた。

――すごい。これが、セックスなんだ。大好きな人とのセックス。

心も身体も、熱いもので満たされる。……気だるさすらも、心地よい感じ。

「那月、平気？」

息を整える僅《わず》かな時間を経て、顔をすこしだけ上げた芳賀くんが訊《たず》ねる。

「うん、大丈夫。……汗、びっしょりだね」

わたしは、彼の額《ひたい》に浮かぶ汗の滴《しずく》を、自分のバスローブの袖で拭いながら言った。

「それくらい、那月の膣内、気持ちよかった」

「っ……」

彼は笑って言いつつ、恥ずかしさで言葉に詰まるわたしに口付けた。

「――本当に可愛い。もう、離したくない」

繋がったまま、きつく抱きしめてくれる彼の背中に、わたしもぎゅうっとしがみ付く。

「……わたしも、離れたくない」

芳賀くんの体温を感じながら、やっぱりわたしは、長い長い夢を見ているのかもしれないと思った。

こんなに幸せな時間がわたしに訪れるなんて、やっぱりおかしい。そんな風に思ってしまう。

でも――たとえ夢だとしても。この瞬間だけでも、噛み締めていたい。

その夜、わたしは芳賀くんに抱きしめられながら眠った。

7

ところがこの充実した日々は、やはり夢なんかではなかった。

芳賀くんはわたしの彼氏で、わたしは芳賀くんの彼女。信じようが信じまいが、この事実は幾晩眠りについても変わらないらしい。

そうこうしているうち、彼と付き合いはじめて二か月が経った。季節はすでに夏になっている。

花屋の店頭には、ヒマワリやラベンダー、カサブランカなんかが並ぶようになった、ちょうどそのころ。

わたしと芳賀くん、そして陽希がともに卒業した高校の、同窓会に誘われた。

芳賀くんと陽希には連絡が回ってきていたけれど、わたしは例の如《ごと》くふたりからの又聞きだ。

正直それを知っても、人見知りなわたしは参加する気なんてなかった。けれど、芳賀くんがどうしてもわたしにも出席してほしいと言ったので、行くことにしたのだ。


——で、同窓会。当日を迎える前から、何となく嫌な予感はしていた。高校時代、クラスで存在感がなかったわたしが、そのクラスの中心で盛り上がっていたメンバーと上手くやれるわけがない、と。

そして悲しいかな、その予感は的中してしまうのだ。

七月最初の土曜日の夕方。副都心の繁華街にあるイタリアンレストランで行われた同窓会という名の賑《にぎ》やかな飲み会の中で、明らかにわたしは浮いていた。

わたしと芳賀くん、そして陽希を入れて、今日集まったのは十一名。

彼らはいずれも、高校時代にわたしがほぼ話したことのないクラスメートたちだ。

同窓会と銘打っておきながら人数が少ないような気もするけれど、まだ二回目らしいし、わたしのように連絡自体が回ってこない人間もいることを考えると、妥当な数字なのだろう。

「やっぱ高校のメンツと飲むのが一番楽しーわ」

「そうそう、気遣いも何もいらないしね」

四人掛けのテーブルを三つ繋げたその中心で、白ワインを片手にそう言い合うのは、横田《よこた》さんと飯沼《いいぬま》さん。

　横田さんは女の子の盛り上げ役で、スポーツが得意だったと記憶している。活発なショートカットは、八年経った今でも健在だ。

　飯沼さんは、当時クラスで一番モテていて、彼氏が変わるたびに女子たちの話題に上っていた美人さん。現在はキャビンアテンダントだというから納得する。

「陽希〜、その服めっちゃ可愛い！　似合ってるねー」

「えへへ〜、でしょー？　高かったけど買っちゃった」

　陽希と楽しそうに服の話をしているのは、高梨《たかなし》さんだ。陽希と一番の仲良しで、あだ名はなっしー。「この前、なっしーがね〜」なんて言葉を、今でもよく聞いている。

　盛り上がる周囲をよそに、わたしは誰とも馴染《なじ》めずにぽつんとしていた。芳賀くんはというと、バッチリメイクでキメた飯沼さんに、質問攻めにされている。

「芳賀くんは、そろそろ結婚したいとか思うの？」

「うーん、どうだろう。飯沼は？」

「あたしは、いい人がいればいつでもって感じかな」

「へえ、結婚願望強いんだ」

「そうそう」

　飯沼さんは、集まった直後から芳賀くんに興味があるのが丸わかりだった。

　滑《すべ》り込むような速さで芳賀くんのとなりに陣取り、彼が他のメンバーと話し込まないように見張っている。

芳賀くんが気を遣って、わたしを彼女とは逆サイドのとなりに置いてくれたけれど、自分の彼氏がハンティングされ掛けているところを間近で見るのは、あまり気分のいいものではない。

それに、わたしの逆どなりには誰もいない。

そんな状態で芳賀くんが飯沼さんと話し込んでいると、必然的にわたしはひとりぼっちになってしまうから、とても居心地が悪いのだ。

……とはいえ、悪いのは彼らではないことくらいわかっている。

わたしだって、こういう場に出て来たからにはある程度の社交性を発揮しなければダメなのだ。

話を振られるのを待っているだけなんて、子供じゃないんだから。

けど、それがすぐに実行に移せるようなら、最初から人見知りなんてしていない。

わたしがサングリアを飲みながら、ひとりジレンマと闘っていると、飯沼さんが芳賀くんに言った。

「ねえ芳賀くん、よかったら立候補しない？　あたしの旦那さんに」

うふふ――なんて不敵な笑みを浮かべる飯沼さん。

わたしは、飲み掛けのサングリアを噴き出しそうになった。

「わ、聞いちゃった！　飯沼ちゃんたら大胆！」

「それって告白～？」

「いいのー？　みんな聞いてるよぉ」

そのやりとりを聞きつけ、周りがはしゃぎ出す。

「芳賀、ラッキーじゃん」

「飯沼は昔からうちのクラスで人気あったもんな～」

男性陣からも芳賀くんに声が掛かる。

妙な空気になってしまったと、ハラハラしていると――

「悪い、俺、彼女いるんだよね」

芳賀くんは、はなから相手にしていないような茶化した口調で言いながら、となりに座るわたしの肩をぐっと抱き寄せる。

「――俺、那月と付き合ってるんだ」

「……ええーー!?」

彼が笑顔でそう言い放った瞬間、わたしと陽希以外の人間が、おどろきのあまり叫ぶ、という反応を示した。

とくに女性陣、とりわけ飯沼さんのおどろき様《よう》は半端じゃなかった。もともと大きな瞳をさらに見開いて、あんぐりと口を開けている。

「ほ、本当なの、平野さん？」

横田さんの動揺したような大きな声が響いた。

「あ……えっと、はい」

素直に認めると、一同はまた「えー！」の大合唱だった。

「いいなあ、平野さん」

「ねー！　芳賀くんみたいなイケメンで将来有望な人と付き合えて〜」

「ねえねえ、ふたりは、どうして付き合うようになったのぉ？」

普段なら困惑してしまうであろう質問攻撃だけど、今日はあまり悪い気はしなかった。

この会での自分の居場所ができてホッとしたのと同時に、芳賀くんがわたしたちの関係をオープンにしてくれたことが、純粋に嬉しかったのだ。

わたしみたいに地味《じみ》で目立たない女の子が彼女だなんて、知られたくないんじゃないか——なんていう思いが、頭のどこかにあったから。

「……へぇ、何か意外ね」

それまでおどろきのあまり言葉を失っていた飯沼さんが、やっと口を開く。

「芳賀くんて、もっと賑《にぎ》やかな子が好きだと思ってた〜」

それがわたしに対する棘《とげ》を含んだ物言いであることは、誰が聞いても明らかだった。その場の空気が、すこしヒヤっとしたものに変わる。

「同じ平野さんなら、まだ陽希のほうが納得できるよねぇ。雰囲気もしっくりくるっていうか」

「まぁ確かに、意外っちゃ意外かもな」

ひとりの男性からも、賛同の声があがった。彼の顔は真っ赤だから、もうかなりの量を飲んでいるのだと思う。

「昔っから芳賀は華やか〜な子から言い寄られたりしてたのにな一」

「おいお前、飲みすぎだぞ。言葉、気を付けろよ」

アルコールのせいで、余計な発言をしてしまったといったところだろうか。それを別の人が窘《たしな》めるけど、だからこその真実なのだろう。

——わたしは、周囲から見て、やはり芳賀くんに相応《ふさわ》しくないのだろうか？

「本当だよ、言葉に気を付けろ。欲しいって言っても、那月はやらないからな」

芳賀くんはそう言って、彼らに舌を出した。

「やだなーもう。あたしみたいにノーテンキな人間を、芳賀くんが選ぶわけないじゃーん」

陽希もいつも通りにお気楽に言って笑って見せる。けれど、それは明らかにわたしを庇《かば》っている。

「そうそう、陽希が彼女だったら、心臓がいくつあっても足りないもんね～」

そこに陽希の親友、高梨さんが乗っかり、その場がまた面白おかしい空気に戻っていった。

「那月、大丈夫か？」

周囲の注目がわたしたちから逸《そ》れたところで、芳賀くんが声を潜《ひそ》めて訊《たず》ねてくる。

「……うん」

すごくモヤモヤしています——なんて本音は言えない。わたしは何でもない顔をしながら、頷《うなず》いて見せた。

「こいつらの言うことなんて、気にするなよ」

「……大丈夫だよ」

無理やり笑顔を作って言いつつも、気にしないなんてことはできなかった。

わたしは沈んだ気持ちを隠すように、サングリアを飲み、その憂鬱《ゆううつ》を紛らわせ続けた。

◆◇◆

「ねえ、芳賀くん。本当に、本っ当に大丈夫だよね？」

八月某日。わたしは、一泊分の荷物とお土産《みやげ》のブーケを手に、『芳賀』と書かれた表札の前で棒立ちになっていた。

「だから、大丈夫だって言ってるだろ」

彼は、笑っているけれど半分呆れたような表情をしている。

「俺の親も鬼じゃないんだし、取って食ったりしない」

「そ、それはわかってるけど……」

わたしはこれまでになく気を引き締めて、ごくりと固唾《かたず》を呑んだ。

入れ替わりのときとは比べ物にならないくらいの緊張感。——そう、わたしは今日、芳賀くんの実家に遊びに来ていた。

というのも、夏の休暇の話が出たときに、芳賀くんが『うちに泊まりに来ない？』と訊《き》いてきたのがきっかけだ。

『うち』というのは、芳賀くんがひとり暮らしをしている家だと思ったわたしは、ふたつ返事でO

Kした。

付き合ってから三か月。芳賀くんのマンションに遊びに行くこともあるし、泊まってそこから花屋に出勤したりもする。何も特別なことはないと思っていた。

ところが、話を進めていくうちに、何かつじつまがあわないことに気が付いた。

『すこし遠いけど』とか『賑《にぎ》やかかもしれないけど、気は遣わなくていい』とか。どうも、わたしの頭の中にある、彼の家ではないように思ったのだ。

きちんと確かめてみたら、なんと彼のマンションではなく、彼の生まれ育った実家に遊びに来てほしい——というお誘いだった。

しかも日帰りならまだしも、泊まりがけだ。

……そりゃ、自分の家に連れて行きたい、と思ってくれる気持ちは、とてもありがたいし、嬉しい。それだけ、わたしのことを真剣に考えてくれているって証《あかし》だと思うから。

でも、わたしも彼との仲を真面目に考えているからこそ、相手方のご家族に悪く思われたくないという気持ちが強かった。

——わたしと芳賀くんは、周りから見て釣り合っていない。

七月の同窓会でのことが、胸に引っかかっている。

フライパンにこびりついたまま、ずっと落ちないコゲのように、わたしの中に黒い影を落としているのだ。

わたしは不安な感情を正直に彼に伝えたけれど、『ご家族に嫌われたらどうしよう』という部分だけに留めておき、『彼と釣り合いが取れていないのでは』との悩みは告げなかった。

彼はというと『大丈夫だ』と笑うばかり。

陽希にも相談したけど、『わざわざ親に会ってほしいなんて言ってくれる男、まずいないよ！言われるうちが華なんだから、行ってきなよ！』の一択。

そんなこんなで、ようやくわたしも決心したのだが――

趣《おもむき》のある立派な住宅を前にして、足がすくんでいる。

芳賀くんの自宅は、典型的な日本家屋だった。引き戸の玄関と、その玄関に上がる石段からは静寂が漂《ただよ》ってくるようだ。

荷物やブーケを握る手にも、じとっと汗が滲《にじ》む。この汗は、単に暑さのせいだけではないはず。

「構えすぎだって。もっと気楽でいいんだよ」

「うう……そ、そうだよね」

ここで躊躇《ちゅうちょ》していたって仕方がない。案ずるより産むが易し、という言葉もあるくらいなのだ。当たって砕けてみるくらいのほうが、いい結果が出るかもしれない。

「それじゃ――」

わたしは大きく息を吸って、ゆっくり吐きだした。

「はぁあ……疲れたぁ……」

わたしは、芳賀くんの部屋にあるベッドに並んで敷かれた布団の上に倒れ込むと、心からの呟きをもらした。

「お疲れさま。何だかんだ、うまくやってたじゃん」

うつ伏せのわたしの横に来て座ると、芳賀くんはまるで犬とか猫にそうするように、よしよしとわたしの頭をなでてみせる。

「そうかなぁ……わたし、いろいろやらかしたよね」

思い返してみても、不安な点は多い。

まずは到着してすぐ、ご両親への挨拶《あいさつ》。アガりすぎてしまい、何度も噛んでしまった。自分の名前さえも噛んだときは、お母さんは笑いをこらえ切れずに噴き出していた。

それから夕食どき。家事は苦手じゃないから、食事の支度《したく》のお手伝いをしようと思っていたのだけど……

ちょうど今日は、芳賀くんのお姉さん一家が遊びに来ていて、お姉さんの息子——つまり、芳賀くんの甥《おい》っ子に当たる六歳の男の子の相手をしているうちに、そのタイミングを失ってしまったのだ。

「挨拶もちゃんとできなかったし、夕食のお手伝いも結局、お母さんとお姉さんにやらせちゃったし。あぁぁ、時間が巻き戻せたらなぁ……」

「だから、そんなことないっつの」

芳賀くんは、なでていた指先でわたしの額《ひたい》をつんと小突いた。

「那月が緊張するタイプだって事前に伝えてあったし、父さんも母さんも『真面目でいい子ね』って言ってた。姉貴だって『うちの子とたくさん遊んでくれて助かった』って」

「……」

「それに、あのお土産《みやげ》のブーケ。綺麗《きれい》だって嬉しそうだった。あの花、何て花なんだ？」

そういえば――と思い出したように、芳賀くんが訊《たず》ねた。

「あれはダリアとホワイトレースフラワーだよ」

「ふうん、そういう名前なんだ」

ピンク味のかかったオレンジ色のダリアと、カスミソウを思わせるホワイトレースフラワー。

せっかくお邪魔するのだしと、自分の花屋で、初めて自分のために作ったブーケだ。

「ダリアとホワイトレースフラワーはね、花言葉が一緒なの。何だかわかる？」

「さあな……。俺、そういうの全然わからなくて」

「そうだよね、なかなか花言葉なんて知る機会ないよね」

予想通りの反応に、わたしはふふっと笑みをこぼした。

「どっちも『感謝』って意味があるの。わたしなりに、お招き頂いてありがとうございますって気持ちをこめたつもりだったんだ」

大好きな芳賀くんの育ったお家に招き入れてもらえるのは、緊張するけれどとても光栄なことでもあり。そういう感謝の気持ちを、自分なりに伝えたかったのだ。

「――嬉しいよ。俺や家族のために、そこまで考えてくれるなんて。本当、ありがとうな」

「う、ううん。わたしがしたくてやったことだから」

「それでも嬉しい。那月のそういう優しいところ、やっぱりいいなって思う」

彼の手が、ふわりとわたしの頭をなでる。そしてそのあと、身体を屈《かが》め、ちゅっ、と小鳥が啄《ついば》むようなキスをした。

「……芳賀くんっ」

不意打ちだ。嬉しさとおどろきで顔が熱くなる。

「那月は自分に対して厳しすぎるんだよ。いいところだっていっぱいあるのに、それを見ないでマイナスのところばかり気にする。悪い癖《くせ》だぞ」

「……かもしれないね」

「俺がこんなに好きって言ってるのに、それじゃ足りないわけ？」

芳賀くんが冗談っぽく言いながら、姿勢を低くして、わたしの顔を覗き込んでくる。

「俺、結構他の女の子に言い寄られたりしてるんだぜ。そんな俺が好きって言うだけじゃ、自信にならない？」

「そ、そんなことないよ！」

わたしは慌てて起き上がり、否定する。

「芳賀くんがモテるのは、知ってるし。そんな芳賀くんが、わたしなんかに興味を持ってくれて、付き合ってくれてるなんて……本当に嬉しいし」

「こら」

言葉の途中で、彼の不機嫌そうな声に遮《さえぎ》られる。

「——『わたしなんか』とか『付き合ってくれてる』とか。俺はそういう言葉、嫌い」

彼はため息をつくと、まるで父親が子供に言い聞かせるような、諭《さと》すような口調で続けた。

「那月『なんか』とか、那月と『付き合ってやってる』とか、そんな風に思ったことは一度もないからな。そうやって、自分の価値を下げるような言い方はするな」

「……はい」

彼の言うことはもっともだ。こんな風に、自分を卑下《ひげ》する言葉が時折こぼれてしまうのはよくない。

わかってはいるんだけど……

「思考は急には直せないから、思うのは仕方ないのかもしれない。なら、まずは言葉にしないこと——わかった？」

わたしは、こくんと頷《うなず》いた。

「素直な返事には、ご褒美《ほうび》な」

「んっ……」

芳賀くんはわたしの手首をそっと掴むと、すこし上に引き上げるようにして、キスをする。

「ふ、むぅっ」

唇同士を押し当てるだけのものから、互いの舌を出し入れするものに移行しつつ、彼の手がわたしのパジャマの襟元へと潜《もぐ》り込んできた。

びっくりして、慌てて唇を離す。

「ダ、ダメだよ」

「どうして？」

声だけでその動きを制そうとするけれど、彼の手はおかまいなしに胸の膨らみへと辿り着く。

「どうしてって……こ、ここ、芳賀くんのおうちじゃないっ」

「うちだと、こういうことしちゃいけない？」

「あ、当たり前でしょ」

芳賀くんの部屋は、二階にある。

お父さんとお母さんの寝室は一階、お姉さん一家も一階の客間を割り当てられているから、夜分のこの時間に誰かが上がって来る可能性は低い。

けれども、二階には芳賀くん同様、かつてのお姉さんの部屋があり、何らかの用事があって通りかからないとも限らないのだ。

「別にいいだろ。俺たち、付き合ってるんだから」

「きゃっ」

悪いことなんてしていない。そう言わんばかりに、彼はわたしを布団の上に横たえると、パジャマのボタンをひとつずつ外していく。

「ブラなんて風呂で外してくればよかったのに。どうせ、脱がせるんだし」

言いながら、彼はパジャマの上を剥《は》いでしまうと、ブラのカップを下にずり下ろして、その先端を露出させる。

まさか、彼の実家でことに及ぶなんて！

「やっぱり、よそうよ。み、見られたりしたら、わたし恥ずかしいっ」

「バレないようにすればいい話だろ」

「そんなぁ」

芳賀くんにこういう強引な部分があると知ったのは、付き合いはじめてすこし経ってからだ。実のところ彼は、俺様タイプで、そして結構Sなのだ。

「とか言って、すぐにスイッチ入るくせに」

「ぁっ！」

芳賀くんは笑って言うと、わたしの胸元に顔を埋《うず》めて、露《あら》わになった胸の先に吸い付いた。その刺激で、思わず鼻に掛かった声がもれてしまう。

「しー。声抑えないと、誰か二階に上がってくるかもしれないぜ」

「う、うんっ……」

声を出してはいけないことくらい、わかっている。

でも、出そうと思って出しているわけではないのだ。

「もう先っぽ、硬くなってる」

「ぅんっ……あっ」

胸の先を、舌先で転がしたり押し潰したりしながら、彼にさらに攻められる。

「嫌がる割には、結構悦《よろこ》んでるんじゃない？」

「そ、そんなことないっ！」

「へえ、本当？」

彼は愛撫を続けながら、視線だけをこちらに向ける。

「でもさ――」

彼はわたしの胸の膨らみに添えていた手を、パジャマのズボンへと滑《すべ》らせる。

そしてズボンの中へと忍ばせると、その下のショーツのクロッチの部分を捉えた。

「――ここ、もう湿ってない？　どうして？」

「っ……」

首から上が、かああっと熱くなるのがわかる。

付き合ってから今日まで、幾度となく身体を重ねてきた。

芳賀くんの愛撫に翻弄《ほんろう》され、わたしの身体は彼にちょっとした刺激を与えられるだけでも、敏感に反応するようになってしまったのだ。

今だって、すこし彼に胸を弄《いじ》られただけで、身体が勝手により強い刺激を欲している。

わたしってば、いつからこんなにはしたない身体になってしまったのだろう。

つい数か月前までは、男の人と結ばれる感覚さえ、知らなかったというのに。

「もっとして欲しいんだろ？」

芳賀くんが、サディスティックな瞳でわたしを見下ろしながら、言葉で追い打ちを掛けてくる。

「正直に言えよ。もっと気持ちよくなりたいんだろ」

「あぅっ！」

わたしに問いつつクロッチの部分に人差し指を引っ掛け、入り口をノックするみたいに突いてくる芳賀くん。

「那月のここ、下着越しに触ってるだけで熱くなってるのがわかる」

「い、言わないでっ」

「本当のことなんだからしょうがないだろ。それに、ぬるぬるしたのがどんどん溢れてくる」

「やぁぁっ」

生地越しに感じる彼の指が、入り口や陰核《いんかく》を優しくなでてくる。

水分を含んだ布のざらざらした感触も相まって、わたしの官能が強く掻《か》き立てられた。

「これじゃ、下着が汚れちゃうな――脱いだほうがいい」

あーあ――なんてわざとらしく嘆息しつつ、芳賀くんがパジャマのズボンごと下着を脱がせてしまった。ブラ一枚を身に着けただけの状態は、それだけで恥ずかしい。

彼に裸を晒《さら》すのは、初めのころはかなり抵抗があった。もちろん、本当は今だって、こんな蛍光灯のハッキリした灯りの下で見られるなんて、できれば遠慮したい。

だけど、わたしの身体を見たいという言葉に負ける形で、一度生まれたままの姿で結ばれてからは、すっかり彼のペースだ。もしかしたら、恥ずかしがるわたしを愉《たの》しんでいる節もあるのかもしれない。

「こうしたら、那月の恥ずかしいところがよく見える」

「い、意地悪言わないでっ」

「ほら、脚閉じるなって」

大事なところが見えないように両脚を閉じようとするけれど、芳賀くんがそれを許さない。それどころか、彼はさらに太腿《ふともも》を割った。

そして、耳元で甘く囁《ささや》き掛けてくる。

「那月のここは——俺のだろ？」

「っ……」

……そういう訊《き》き方は、ずるい。掠《かす》れたような音がやけにセクシーで、身体の中心がゾクゾクと疼《うず》いた。

「答えて。那月のここ、誰のもの？」

「は……芳賀くん、のっ」

答えながら、下肢から熱いものがとろりと滴《したた》るのを感じる。

「おりこうさん」

彼は満足そうにまた耳元で囁くと、わたしを両膝を立てて座らせた。そして、正面にいる彼から丸見えの秘所に、手を伸ばす。

「——俺のだって言うなら、ここ、好きにしていいんだよな？」

「ぁっ！」

入り口に溢れた蜜《みつ》をたっぷりと纏《まと》わせて、彼の指が二本、侵入してくる。

人差し指と中指。鉤型《かぎがた》に曲げられたそれらが、ぬぷぬぷという肉感的な音を立てながら、わたしの膣内《なか》に呑みこまれていく。

「すごい。待ってましたって感じで、絡みついてくる」

「っ、そんなこと、ないっ……」

「嘘じゃない。俺の指、めちゃくちゃ締め付けてくるし」

差し入れた指を根元まで突き立てると、彼はゆっくりとピストン運動をはじめる。

動きはじめはゆっくりと、次第に緩急をつけながら、膣内を往復する。

内壁を擦《こす》られるたびに、こんな場所でいけないと思いつつも、性感が高まっていってしまう。

「見て、那月。俺の手、こんなにびしょびしょ」

快楽の証《あかし》である蜜は、芳賀くんの手首のあたりまでを濡らしてしまっている。

「こんなに濡らして——すげーエロい」

「あぁっ……んんっ」

声、我慢しなきゃ。誰かに気付かれちゃう。

そう思えば思うほど、身体の感度は増していくような気がした。抑えようとしても、歯止めが利かずに、喘《あえ》ぎがこぼれる。

彼の言葉による煽《あお》りによっても、快感の指数は上がっていく一方だ。

「その声、ヤバい……俺も、めちゃくちゃ感じてきた」

興奮に濡れた声で言う芳賀くんが、わたしの下肢を愛撫する手を止めた。

「俺のも、して？　こっちも大きくなってきた」

示したのは、彼の下腹部でその存在を主張しはじめている、彼自身だ。

「那月のエロい姿見てたせいで、こんなになった。責任取って、気持ちよくして？」

「っ……」

ベッドに腰掛けて座る彼の前に跪《ひざまず》いて、パジャマのズボンを膝まで下ろす。

そこには、その下のボクサーパンツを押し上げるように屹立《きつりつ》する彼自身があった。

わたしはボクサーパンツも下ろしてしまうと、先端に先走りの滲《にじ》むそれに、ちゅっとキスをした。

「ふっ……」

芳賀くんが、息を呑むような声を出すと同時に、熱い屹立がびくんと震える。

わたしの愛撫で感じてくれている。それが嬉しい。わたしは彼の太腿《ふともも》に手を置いてから、舌を伸ばし、くびれた部分をなでつけた。

つるつるした粘膜の、表面の感触が心地いい。わたしは根元のほうから、先端へと上っていくように、ゆっくりと舌を這わせた。

「……気持ちいい？」

舌の動きを止めずに訊《たず》ねると、声は幾分不明瞭な響きになる。

「気持ちいい。それ、ヤバいっ……」

よかった。満足してくれているみたいだ。

全てが初めてのわたしは、当然男性を悦《よろこ》ばせる術《すべ》も持ち合わせてはいなかった。同世代の女の子で、人並みに彼氏がいる生活を送っていれば、ある程度経験があるのかもしれない。そのことで、最初は芳賀くんに対して申し訳ない気持ちがあった。

だからこそ、彼が悦んでくれそうなことなら、何でもしてあげたい。そう思って、彼に訊《き》いていろいろなことをするようになったのだ。

――こんなにも芳賀くんを想っているのだということを、伝えたくて。

「ここ、気持ちいいんだよね?」

根元から先端をなでるように舐め上げたあと、わたしは再び根元に舌先を持って行き、その下にあるふたつのころんとした塊《かたまり》に唾液をまぶしていく。

「ぁ……!」

芳賀くんの腹筋に力が入る。快楽を我慢している証拠だ。

彼の気持ちいいところは、だいたいわかっている。この場所を舐めたり、唇で片方ずつ挟んで吸い上げたりすると、こんな風に嬉しい反応をしてくれる。

実際そうしてみると、彼自身はそれまで以上に硬さを増して、強い快感を示すかのように、表面に太い血管が浮いてくる。

「そんなにされたら――我慢できない。もう、いいよ」

彼はわたしの頭を優しくなでながら、わたしの手を引いて立ち上がらせる。そして、ベッドの上に誘導した。

わたしを抱きしめた芳賀くんがまた、熱っぽく囁《ささや》く。

「もう挿《い》れたい。那月のこと、抱かせて？」

避妊具を装着するや否や、一瞬たりとも耐えられないとばかりに、彼はわたしの入り口に彼自身を擦《こす》り付けてきた。

薄いゴム越しに、彼の熱と硬さを感じる。これから、めくるめく快感が待っているのだと思うと、その期待感でお腹の奥が疼《うず》いた。

「ぁあっ！」

何度目か、彼の切っ先がわたしの秘裂を通りすぎた次の瞬間、わたしの蜜《みつ》を纏《まと》った彼自身が、ぬるっと入り口を掻《か》き分け、吸い込まれるように膣内《なか》に挿入《はい》ってきた。

その衝撃に、思わず大きな声が出てしまい、咄嗟《とっさ》に片手で口元を覆う。

「那月、声出したらっ、バレちゃうよ？」

彼が意地悪く耳元で言った。

「んっ、んんっ……」

わたしは極力声をもらさないよう、彼が与える快感に耐え、口元を押さえる手に力をこめる。

けれど、芳賀くんはそれを知っていながら、わたしが粗相をするのを狙うかのように、力強く腰を打ち付けてきた。

……ダメっ！　そんなにされると、声、我慢できなくなっちゃうのにっ！

「ふ、ぅむっ……んんっ！」

声を押し殺しながらも、こぼれてしまう喘《あえ》ぎ。いや、喘ぎと吐息の間のような響きなのだけれど、聞けばそれが情事のために発されていると、すぐに気付かれてしまうはず。

「頑張るな。……ん？」

声を殺そうと必死のわたしに小さく笑い掛けたあと、彼は一度律動を止めて、わたしの太腿《ふともも》を押さえていた手を口元に持っていき、人差し指を立てる。

静かに――というその仕草に、わたしも意識を耳に集中させた。

誰かが、軽快に階段を上がって来る音がする。

「アルバム、アルバムっと～」

階段から聞こえる声は、芳賀くんのお姉さんのものだ。

おそらく、昔のアルバムでも見よう、という流れにでもなったのだろう。みんなでリビングに集まっているときに、そんな話題が出ていたから。

でもまさか、このタイミングでやってくるなんて――

「っ……!?」

叫んでしまいそうになるのを、すんでのところでこらえる。

こんな状況の中、芳賀くんが再び律動をはじめたのだ。

……お姉さんが、扉の外にいるというのに！

「いやっ！」

わたしは半分パニックになりながら、真上で腰を動かし続ける彼をすがるように見た。

が、彼はちっとも応《こた》えない。それどころか、抽送《ちゅうそう》の角度を変えたり、奥に達したときに腰をぐりぐりと押し付けたりしてくる。

「どう、感じる？」

彼が微《かす》かな音量で訊《たず》ねる。

「や、やめてっ！　こ、んなっ、バレちゃうっ！」

必死で声を潜《ひそ》めて返事をするけれど、何か想定外の刺激が加われば、すぐに大きな声がもれてしまいそうだ。

「でも那月の膣内《なか》、俺のことめちゃくちゃ締め付けてるよ」

「っ……！」

「やめてなんて言うくせに、本当はノリノリなんじゃないの？」

そんなはずない――と思ったけど、百パーセントは否定できない。

絶対に声を我慢しなければならないのだと自分に言い聞かせる反面、もしうっかり声が出てしまったら――と想像して、余計に快感が増すような気がした。

……やだ！　そんなの、まるでわたしが変態みたいじゃない！

お姉さんの足音は、となりの部屋に入っていく。扉が開いて、そして閉まる音がした。

「はぁっ……今、本棚でアルバム探してるのかな」

彼は片手をわたしの下肢にある、敏感な突起に伸ばして呟く。

「ひうっ」

ビリリっと電流が走るみたいな刺激を、わたしは唇をきつく噛んで耐えた。

「だ、めっ、芳賀くぅんっ、ほんと、にっ！」

「何、聞こえない」

「やぁあっ……」

そんな風に、指先で弾いちゃだめなんだってば！

自らが吐き出した蜜《みつ》でぬるつくその部分をタップされると、思考が全て快感に占拠されてしまう。

「いいじゃん、聞こえたって。別に、悪いことしてるわけじゃないんだし」

「だ、めっ、絶対、だめっ！」

いいわけないのに！　……芳賀くんったら何を考えてるの⁉

万が一そんなことになったら、明日お姉さんに合わせる顔がない。

だけど彼は律動と、下肢を弄《もてあそ》ぶ手を止めない。

それどころか、わたしの膣内を味わうかのように焦れた速度に落としてみたり、秘芽を人差し指と中指で挟むように動かしたりと、攻め続けている。

そのたびに、わたしは唇が白くなりそうなくらい力をこめた。

すこしでもそれらしい声が出てしまったら、きっと気付かれてしまう。……それだけは、避けなければ。

「くぅ、んっ……」

「結構頑張るね、那月」

顔を真っ赤にして耐えるわたしに、芳賀くんは感心したような声を出す。

「……あ、見つかったのかな」

扉の開く音がした。

お姉さんの足音が廊下を通って、階段を降りて行く。

足音が完全に消え、これで安心――とホッとした瞬間、芳賀くんが、それまでになく激しい律動で、わたしを攻め立てた。

「ぁあっ、やぁっ！」

そんなに強くされたら――もう声、我慢できないっ！

「い、きなりっ……激し、いよっ！」

焦らされていた分、感度が高まっていたのか、得られる快楽の度合いも大きい気がする。

「これで思いっきり、那月を攻められる」

「んんっ！」

わたしに触れる彼の身体が熱い。手も、足も、お腹も、もちろん、ぶつかりあう中心も――何もかもが、わたしと彼が繋がっているという証明をしてくれている。

「もう、イくっ！　那月、一緒にイこうっ！」

芳賀くんの切なげな声が、耳元で響く。わたしは、無我夢中で首を縦に振った。

こんなの、もうダメっ、わたしっ!!

「っ……!!」

彼の律動が止んだ瞬間、頭の中に閃光《せんこう》が走った。そして、強い強い絶頂感が、全身を支配する。息もできないような、狂おしい快感。わたしはしばらくその衝撃を味わってから、脱力する。

「ヤバいくらい、気持ちよかった」

彼も同じように絶頂を味わったのだろう。荒い呼吸を繰り返しながら、わたしの頬にキスを落とす。

「酷《ひど》いよ、芳賀くん！」

わたしは彼の首元に手を回して、彼を詰《なじ》る。

「でも、気持ちよかったろ？」

「……もう」

彼は全く悪びれていない。

それから彼は避妊具の始末をして、わたしの身体をティッシュで清めてくれた。

彼にベッドに呼ばれ、せっかく布団を敷いてもらったのに、と思いつつそこに潜《もぐ》り込む。

「……でも、那月が家に来てくれて、よかった」

彼が、ひとりごとのようにそう言った。

「どうして急に、家に呼んでくれたの？」

「そんなの、家族に那月を見てほしいからに決まってるだろ」

彼はそっぽを向いた。

……あれ、もしかして、照れてる？

「それ、どういう意味？」

「……そこまで言わせるか？」

ちょっと呆れた口調で返事をする芳賀くん。

だけど、すこし間を置いてから、口を開いた。

「——自信を持ってもらいたかったんだよ。那月に」

「自信？」

「そう。さっきの話もそうなんだけど——那月は、そのままで十分魅力的なんだよ。那月の姉さんと比べなくても。でも那月は、それを認めようとしないし、そういう評価をしてくれる人と出会ってない。だから、俺の周りの人に認めてもらえれば、違ってくるかなと思って」

「芳賀くん……」

きっと芳賀くんは、七月にあった同窓会の件をわたしが気にしていると察したんだろう。

だからこそ、わたしを評価してくれる人と引き合わせた——

「芳賀くん」

「ん？」

わたしは彼に、後ろから抱き付きながら言った。

「ありがとう。嬉しい」

わたしには、こんなに自分のことを認めてくれて、大切にしてくれる彼氏がいる。

これ以上、幸せなことはない。

8

芳賀くんは何があっても、わたしの味方でいてくれる。

だってこんなにもわたしを大切に想ってくれているんだから——

そう信じて疑わずにいた夏の終わり。青天の霹靂《へきれき》が、わたしを襲った。

その日は久しぶりに、高校三年のときの、同じクラスの仲良しグループで集まろうということになっていた。

真子《まこ》に愛菜《あいな》。当時のわたしは、いつもこのふたりと行動を共にしていた。

待ち合わせは、喫茶店巡りが趣味である愛菜オススメの、紅茶専門店。都心の大通りからすこし外れた場所にある、隠れ家的雰囲気の静かなお店だ。

三人とも賑《にぎ》やかな場所が得意ではないから、集まるときは必ず、こういう感じの騒々《そうぞう》しくないお店と決めている。

品のいい店内で、美味《おい》しい紅茶とケーキを楽しみながら、近況報告を交わす。

転職を考えているという真子に、婚活に目覚めた愛菜。愛菜の職場は女性ばかりの雑貨店だから、普段の生活の中では出会いがないそうだ。

わたしも職場の同僚なんていない環境で働いているから、その感覚はとてもよくわかる。

「それで、那月は？」

愛菜がフォークの先に、ベイクドチーズケーキをひとかけらのせつつ訊《たず》ねる。

「わたし？　わたしは相変わらずだよ。同じ花屋で働いてるし――あ」

言いながら、ふっと芳賀くんの顔が浮かぶ。

「何、何か変わったことでもあった？」

「う、うん……変わったといえば、大きく変わった、かな」

興味津々に真子が訊ねてくるのに対して、わたしは曖昧《あいまい》に頷《うなず》く。

……こういう話って、どんな風に切り出せばいいんだろう。

「もしかして、彼氏ができた？」

「！」

図星を突かれて、わたしはソーサーに戻そうとしたティーカップを、ガチャンと音を立てて置いてしまった。

「あれ、その反応ってやっぱり？」

「わあ、おめでとー、那月！　今まで全っ然浮いた話聞かなかったから、なんだか嬉しいよー！」

愛菜がまるで、自分のことのように喜んでくれる。

「あ、ありがと……」

「本当だよ。那月はいい子なのに消極的だから心配だねって、真子とも話してたんだよ。ね、真子？」

「そうそう。……でもこれで、一安心だわ」

愛菜の問い掛けに真子が頷く。その表情には笑みが浮かんでいた。

「相手、どんな人なの？」

……うう、このメンバーでこういう会話の中心になるのって、妙に居心地が悪い。

「うん、実は、相手……きっと、みんなの知ってる人」

同じクラスで、なおかつ彼は目立つ人だったから、覚えていないことはないと思う。

「えー、誰？」

「私たちが知ってるってことは、同じクラスだった男子？」

「うん、まぁ……」

ふたりは、わたしの相手を当てようと、それらしいクラスの男子の名前を挙げていくけれど、全く掠《かす》りもしなかった。

降参コールが出たので、正解を伝える。と――

「ええええ……!?」

「芳賀くんて、あの芳賀至くんでしょ……？」

真子も愛菜も、口をぽかんと大きく開けてただただびっくり、という反応だ。七月の同窓会で、元クラスメートたちが見せた反応と、そっくりそのまま同じだった。

やはりそれだけ、わたしと芳賀くんという組み合わせには違和感があるのだということだろうか。

……いや。もうそれは気にしないと心に決めたんだから。考えない、考えない。

ぼんやりしているとすぐにマイナス思考に陥《おちい》りそうになる自分を、心の中で叱咤《しった》していると、愛菜がぽん、と手を叩いた。

「そっかー、じゃあ先週見掛けたのは、那月だったんだー」

「先週？」

「てっきり陽希ちゃんのほうだと思って、声掛けなかったんだよね」

「……陽希？」

「那月って、ああいうメイクするとほんと陽希ちゃんとそっくりだから、全然気付かなかったよ」

「……」

何だろう。心の奥がザワザワする。

詳しく訊《き》いちゃいけないような、でも訊かないといけないような。

「ねえ、愛菜。先週って何？」

わたしは心の内に溢れる疑念を隠しながら、愛菜に問うた。

「うふふ、私、那月の幸せデート風景を目撃しちゃってた！」

「え、那月と芳賀くんの？」

「そうそう。先週末、土曜だったかな」

訊《たず》ねる真子に、愛菜がにやけ顔で頷《うなず》く。

「デパートのジュエリーショップで、ニコニコ仲良く買い物してたよね。何買ってもらったの〜？」

続く愛菜の言葉に、全身の血の気が引くのを感じた。

先週の土曜は、確か芳賀くんの仕事が忙しかったから、会えなかった日だ。

「あのブランドって、私も好きなんだよねー。今そこのエンゲージリングとかも人気があって、よく使う婚活サイトとかでも、特集組まれたりしてて――」

愛菜が楽しそうにしゃべり続けているけれど、それはわたしの耳を右から左に抜けていくだけだった。

わたしはその日、彼に会っていない。ということは……芳賀くんは、陽希とデートしていた？

まさか。そんなの、彼に限ってあるはずない。

彼と付き合っているのは、わたしだ。陽希じゃない。

でも愛菜が嘘をつくとも考え辛い。嘘をつくような理由なんて何もないのだ。

……じゃあ、やっぱり芳賀くんと陽希が、ふたりで会ってたってこと？

ううん、そんなのあり得ない。あって欲しくない！

ぐるぐるぐるぐる、ふたつの思考が渦《うず》巻いて、頭の中が沸騰《ふっとう》しそうだった。

結局、そのあと三人で何を話したかなんて記憶にないまま解散し、電車に乗り込む。

地元の駅に向かう数十分の間も、愛菜が言ってた話のことばかり考えてしまう。

愛菜が言うには、見掛けたのは都心のデパート。芳賀くんとしょっちゅう待ち合わせをしたあの駅のすぐ傍《そば》だ。

その中に入っている、若い女性に人気のジュエリーショップの店内で、ふたり仲良く買い物をしていたとか。

……想像して眩暈《めまい》がした。

そういえば陽希はちょうど、狙っていた同僚とダメになった——と話していた。寂しさを紛らわせるために、彼を誘って飲みに行ったのかもしれない。

芳賀くんは、そういう裏切りをしない人だと信じている。けれど……

不安ゆえに、彼と二週間も会っていないことが急に気になりだしてしまう。考えすぎなのはわかっている。今日は、わたしが久々に友達と会うために、芳賀くんとは『また来週にしようね』という流れになったのだから。彼から距離を置かれたわけではない。

そもそもまだ事実かどうかはわからない。愛菜だってしばらく芳賀くんや陽希と会っていないのだし、見間違いということもあり得るじゃないか。

そうして様々な可能性を浮かべては消し、浮かべては消しを繰り返しながら、家路《いえじ》についた。

階段を上がり、二階に着くと、今最も会いたくない相手と鉢合わせしてしまう。

今日は土曜日なのに、家にいるなんて珍しい。

「お帰り〜那月」

「ただいま」

何となくぶっきらぼうな言い方になってしまうのは、気持ちがモヤモヤしているからだ。

「ねーえ、可愛い服買ってきちゃった〜。見てみて♪」

そんなわたしの気も知らずに、陽希はわたしの背中を押して、自分の部屋に押し込もうとしてくる。

「ちょっと、何」

「いいから～。気に入ったなら、デートのときに貸してあげる♪」

陽希の口から放たれる、デートという言葉が、胸をチクッと刺す。

――もしかして、芳賀くんとデートしてなかった？

なんて、すんなり訊《き》けたならどれだけいいだろう。でも、そんな勇気はない。

「これなんだけどー、どう？　そろそろ秋だから、それっぽい色のカットソーにしてみた」

自分の胸の前で、ネイビーのカットソーを当てながらはしゃぐ陽希。

右の襟ぐりのところに大きな白いリボンがついていて、いかにも可愛い系といった雰囲気だ。

「こういう色なら、地味《じみ》好きの那月も着られるでしょー」

「……そうかも」

リボン付き、というのがすこしハードルが高い気もするけれど。わたしは気もそぞろに答えた。

「本当は赤とか、もっと派手《はで》な色がよかったんだけどさぁ～。那月が借りにくるだろうことも考えて、無難な色を買っちゃうあたしって、超優しくない？」

「……はいはい」

「もー、ちゃんと聞いてる？」

返事が適当なのが不服らしく、陽希が頬を膨らませて言う。

だけど申し訳ないが、正直、それどころではないのだ。

――と、そのとき。陽希の部屋のデスクの隅に置かれた、十五センチ四方くらいのショッパーが目に入った。

そこに書かれた店名を見た瞬間、わたしは奈落《ならく》の底に突き落とされたような絶望感を覚える。

ショッパーを凝視したまま、一歩も動けないでいるわたし。その様子に気付いた陽希が、何でもないように「ああ」と頷《うなず》きながら、それを掲げて見せた。

「こないだ買い物してたらさあ、可愛い指輪見つけちゃって～。つい衝動買いしちゃったんだよねー」

「……」

「ジュエリーなんて男に買ってもらうものだと思ってたけど～、たまには自分が気に入ったやつを選ぶのもいいかなーって」

「――嘘つき」

予感が確信に塗り替えられた今、陽希の口からごまかすみたいな台詞《せりふ》は聞きたくなかった。

「自分で買ったなんて嘘でしょ？　本当は、買ってもらったんだよね」

「……那月？」

「誰に買ってもらったか当ててあげようか。芳賀くんでしょ」

芳賀くんの名前を出すと、一瞬だけれど、陽希の表情が変わった。

……やっぱり、愛菜の言っていたことは本当だったんだ。

「芳賀くんと陽希がそのジュエリーショップでデートしてるところ、わたしの友達が見てたの。陽希はわたしと芳賀くんのこと、応援してくれてたし、まさかって思ってたけど……」

よりにもよって家族に裏切られるだなんて。それも、自分の分身とも呼べる双子の姉に。

「ちょっと、何勘違いしてんの？」

「どこが勘違いだっていうの!?　一緒にいるところ、見られてるんだよ!?　……じゃあわたしの納得いく説明をしてよ。芳賀くんの休みの日に、彼がわたしと会わずに陽希と会ってた、納得のいく説明を」

「それは……」

陽希はわたしに何か言いたげな表情をしつつも、きまり悪そうな顔で口ごもる。

「ほら、できないんじゃない！」

——思った通りだ。ふたりはわたしに隠れて会っていた。わたしの目の届かないところで、親密な関係になっていたんだ！

「……あぁ、もう、めんどくさいな」

陽希はふうっと息を吐くと、手にしていたカットソーを無造作に畳んで、ベッドの上に放った。

そして、言葉の通り面倒そうに頭を掻《か》いてから言った。

「そうだよ、あたしは芳賀くんと会ってた。だからって、何か問題ある？」

まるで、堂々と『あたしは何も悪くない』と主張するような視線が、こちらに向けられる。

「芳賀くんとは元クラスメートなんだもん。連絡先だって知ってるし、会ったって何の問題もないじゃない。那月は、何をそんなに怒ってるの？」

「……何をって、それ本気で言ってるの？」

わたしが何に対して怒っているか——なんて、訊《き》かなくたってわかるはずだ。

挑発されているような気分になって、イライラする。

「あたしが男友達と出掛けたりするのは、そんなに珍しい話じゃないでしょ。今回は、その相手が芳賀くんだっただけ」

「芳賀くんとは、ジュエリーを買ってもらうような仲なのに？」

ただの男友達と、そんな付き合い方はしないだろう。

「だから、それは誤解だってば。自分で買ったって言ってるじゃない。那月、おかしいよ」

「おかしいのはどっちよ。妹の彼氏を奪うなんて、そっちのほうがおかしいじゃない」

もとはといえば、全てはこの我儘《わがまま》な姉の一言からはじまったって言うのに。

用事ができた自分の代わりに、人に会ってほしい——だなんて、非常識にもほどがあるじゃないか。

芳賀くんには興味がないだなんて言ってたくせに、わたしが彼と付き合いはじめると、応援しているふりをしつつも惜しくなったんだろうか。だからって、こんな手段はひどすぎる。

「わたしは——陽希の勝手な都合に振り回される、操《あやつ》り人形じゃないんだからね！」

これまで、いつも陽希に対して劣等感を覚えていた。陽希のように、心の赴《おもむ》くまま、積極的になれたなら、と。

そんな八つ当たりのような気持ちも相まって、激しい怒りに任せそう啖呵《たんか》を切ると、わたしは自分の部屋に逃げ帰り、扉を閉めてその場にへたりこんだ。

『デパートのジュエリーショップで、ニコニコ仲良く買い物してたよね。何買ってもらったの〜？』

愛菜の声が耳元で再生される。

怒りと悲しみがない交《ま》ぜになった複雑な感情が、喉の奥にじわっと広がっていく。

ふたりがそんなことになってるなんて、ちっとも気が付かなかった。

目の前の幸せにしがみつくのに一生懸命で、その幸せが手のひらからすり抜けていくだなんて……全然、考えたことなかった。

ひとりになり、ほんのすこしだけ冷静になった頭で考える。

……これからどうしよう。

陽希と芳賀くん、ふたりの気持ちはお互いを向いているのだ。

——じゃあ、わたしが身を引けば、それで全て丸く収まるんじゃない？

心の中で、誰かがわたしにそう囁《ささや》いてくる。

「どう考えても、わたしが邪魔者だもんね」

小さく呟きながら、自嘲的な笑みがこぼれる。

ふたりの関係が露呈《ろてい》した今、それを黙認したまま芳賀くんと付き合っていくなんて、到底できない。なら、お別れするしかないだろう。

芳賀くんは優しいから、陽希のほうに気持ちがいっても、今さらわたしを振るに振れなくて困っているのかもしれない。

短い間だったけど、芳賀くんとの日々は楽しかったし、幸せだった。

ただ仕事に行って帰宅するだけの単調な毎日の中に、心が弾むようなときめきをくれた。

……最後の最後に裏切られてしまったけれど、恨みごとを言う資格なんて、わたしにはない。

彼を困らせたくない。彼のことが好きだからこそ、幸せになってもらいたい。

——初めて、ありのままのわたしを認めてくれた人だから。

「……さよなら、芳賀くん」

あなたが自分で終わりにできないのなら、わたしが終わらせてあげる。

わたしは泣きたい気持ちを押し殺しながら、しばらくその場から立ち上がることができなかった。

9

「ふう……」

花屋のシャッターを閉め、施錠をする。

店じまいを終え、わたしは夕暮れ時の住宅街を歩きはじめた。

平日であるにもかかわらず、どういうわけか忙しい一日だった。鉢植えや花束の注文、タネの取り寄せの依頼など、電話や来客がひっきりなしだったのだ。

こういう日はごくごく稀《まれ》だ。一年に一度——いや、一度あるかどうかも怪しい。

おかげで、昼休みを取るタイミングを失ってしまった。まあ、世の中の人たちはもっと多忙な環境で働いているんだろうから、これくらいで音《ね》を上げてはいけないのだろうけれど。

――芳賀くんなんて、一年中こんな感じなんだろうなあ。

ぼんやりと彼のことを思い浮かべてしまいながら、ぶんぶんと頭を振って、彼の姿を頭の中から追い出そうとする。

……もう忘れなきゃ。彼の気持ちは、わたしのところにはないんだから。

先週の土曜日、芳賀くんと陽希の関係を知ったわたしは、ふたりの関係を黙認し、身を引く決意をした。気持ちが鈍るといけないと思って、その日から、彼からの連絡はすべて拒否していた。けじめとして一回くらいきちんと話しておくべきなのかもしれないけれど……陽希との関係を、彼自身の口から聞かされるのは、どうしても嫌だった。

彼の口からはっきりと聞いてしまったら、それが真実になる気がして――いや、真実は真実で変わらないとしても、わたしの心の中だけでも逃げ道が欲しかったのだ。

事実を耳にしたら、わたしはきっとその苦しさに耐えられない。なら、敢《あ》えて決定的な台詞《せりふ》は聞かないままに、お別れしたかった。

今日は金曜日。これまでなら、土曜は芳賀くんのために空けていたのだけれど、もうその必要もない。そう思うと、寂しさがぐっと増した。

今日は疲れたし、ゆっくりお風呂に浸《つ》かって、のんびりしよう。

なんて、予定を立てながら、自宅に近づいた。

と、見慣れたシルエットを、玄関前に見つける。

休日に会う彼とは違い、スーツ姿だけど――

「那月」

「芳賀くん……」

まさかこんなところで、彼と遭遇するなんて思っていなかった。ビックリして固まっていると、彼のほうから距離を詰めてくる。

「いったい、どういうつもりなんだ？」

彼の声は、怒りを含んでいた。

「電話は着信拒否、メールも返事がない。そんなことされたら、心配するに決まってるだろ？」

「……」

彼からは連日、着信とメールがあったけれど、わたしはいずれも応対しなかった。

会話をしてしまえば、陽希とのことを告げられてしまうかもしれない。それが怖くて、電話のほうは着信拒否に設定していた。

「どうしてこんなことをしたのか、説明してくれ」

「……それをわたしに、説明しろっていうの？」

そんなのあまりに酷《ひど》すぎる。先に裏切ったのは、芳賀くんのほうなのに。

努めてこらえようとしていた怒りが募っていく。

わたしだってこんなことはしたくない。でも、しなきゃいけないような状況にしたのは彼だ。

「どういう意味だ？」

「陽希とのことで、わたしに言うことない？」

言い合いになれば、嫌でも陽希とのことを言わなければならないのは、わかっていた。

だからこそ、なるべくそうならないように避けてきたのに。

「陽希のこと？」

「しらばっくれるなら、話はここで終わりにしよう」

喉奥から絞り出すような声で続けると、芳賀くんが険《けわ》しい表情になる。

「……那月が何を言いたいのか、俺には全然わからない」

この期《ご》に及んで、彼はまだシラを切ろうとしている。

……どうしてもわたしに、事実を語らせたいのだろうか。

「わたし、もう知ってるんだよ。芳賀くんと陽希が、わたしに隠れて付き合ってたこと」

「え？」

ひどくおどろいた様子で、わたしの顔を見つめ返す芳賀くん。そして。

「いきなり何言い出すんだよ。そんなこと、あるわけないだろ」

「……」

陽希もそうだけど、どうして隠そうとするのだろう。

水掛け論になりそうだったので、わたしはひと呼吸置いて、別の切り口で彼に告げた。

「……陽希はまだ帰ってきてないと思う」

金曜は、たいてい会社の同僚と飲んで、終電で帰って来る。この時間での帰宅は、まずないだろう。

「だったら何だよ」

芳賀くんは、明らかにイライラしていた。

まるで、どうしてそんな話を俺に振ったのか、とでも訊《たず》ねるかのように。

「陽希に用事だよね。多分、会社の最寄駅まで迎えに行ったほうが、早いと思う」

「どうして俺が、陽希を迎えにいかなきゃいけないんだ？」

「それは……」

明日は休みだし、これからデートの予定とかあるんじゃないだろうか。と思ったんだけど……わざわざそこまで説明したくもない。

「まあいい」

彼は一度話題を切るように大きく息を吐くと、再びキッと厳しい視線をわたしに向けた。

「それより、俺の質問に答えるのが先だ。何で急に、俺の連絡を無視するようになった？　……俺のことが嫌いになったのか？」

「そんなわけない！」

思わず、強く言い返していた。

わたしのほうから芳賀くんを嫌いになるなんて、そんなのあり得ない。

「……芳賀くんはずるいよ。そんなわけないじゃない」

言いながら、目頭が熱くなって、目の奥がツンと痛くなる。

泣いたらいけない――そう思いつつも、もういっそ、このまま何もかもぶちまけてしまいたいような衝動に駆られた。

どうせいつかは明らかになることなんだから、遅いか早いかの違いだろう。

それなら感情のままに、今言ってしまったって許されるはず。

「先に裏切ったのは芳賀くんのほうじゃない！　なのに、どうしてわたしばっかり責められなきゃならないの!?」

今まで、我慢に我慢を重ねていた感情が、堰《せき》を切ったみたいに溢れだした。

「わたしの友達が、芳賀くんが陽希とふたりでジュエリーショップにいるところを見たって言ってたの。ふたりはとても仲良さそうだったって。……わたしに隠れて、こっそり会ってたんでしょ？」

それを聞いた芳賀くんは、険《けわ》しい顔のまま、否定をしなかった。

「芳賀くんは優しいから、わたしにお別れを言えないんでしょう？　なら、わたしから終わらせるしかないじゃないっ！　……わたしだってできることなら、芳賀くんと一緒にいたいし、芳賀くんに好きでいてもらいたい。でもそれができないなら、こうするしかないじゃないっ……！」

わたしはそう言いながら、涙をこらえられなかった。

この一週間、言いたくても言えなかった言葉を吐き出したことで、わたしの心には悲しみや怒りとは別に、妙な爽快感が生まれた。

我慢しなきゃ、我慢しなきゃと自分で押さえつけていたせいだろう。もう彼とはこれで終わりなのだし、耐える必要はないのだ。

芳賀くんは、駄々っ子のように泣くわたしをそっと抱きしめてくれた。

その手を振り払おうと思ったけれど――できなかった。やっぱりまだ、彼に抱きしめられると嬉しいと感じてしまう自分がいたから。

抱きしめてくれる彼の左胸から感じる鼓動が、心地いい。彼の温かさが、心地いい。

……ああ。こんな風になっても、わたしはまだ芳賀くんのことが好きなんだな。

今さら再確認したところで、どうにもならないのに。

「那月、ごめん」

わたしの呼吸が落ち着いたころ、彼は耳元でわたしに小さく謝った。

わたしの肩に力が入る。

できれば、彼の口から別れの言葉は聞きたくなかった。だからこそ、彼の連絡に応《こた》えずにいたのに――

「――勘違いさせて、ごめん、那月」

「……え？」

勘違い？

わたしが涙に濡れた顔を上げると、彼は穏やかな笑みを浮かべて、わたしの頭を優しくなでた。

「今から俺に、そのことについて説明させて？　……でもその前に」

芳賀くんはそこまで言うと、周囲を見回して、声を潜《ひそ》めた。

「――さっきからご近所さんの目が気になるんだよな」

「あっ……」

ここは閑静《かんせい》な住宅街。そこに突如響き渡る泣き声――しかも、大人のものだ――に、何事かと眉を顰《ひそ》めて出てきた近所のおじいちゃんおばあちゃんが、遠巻きにこちらの様子を窺《うかが》っている。

「どこか落ち着いて話せるところに行こう」

「う、うんっ」

わたしと芳賀くんは、そそくさと住宅街を離れて、近所の公園へと向かった。

家から歩いて三分もしない場所に、こぢんまりとした公園がある。

遊具はブランコふたつと鉄棒、猫の額《ひたい》ほどの砂場に、ベンチが二組だけ。太陽の上っているうちは幼い子供とそのママの姿を見掛けることもあるけれど、この時間になればたいてい誰もいない。

「はい」

「あ、ありがとう」

近くの自動販売機で缶コーヒーを二本買った芳賀くんは、そのうちの一本をわたしに差し出してくれる。お礼を言って、どちらともなくふたつ並んだベンチのうち、片方に腰掛けた。

「……」

お互い無言で、缶のプルタブを開けた。

空気の抜ける音が二回。普段は気にも留めないけれど、今はやけに大きく感じた。

しばしの沈黙ののち、芳賀くんがコーヒーを一口啜《すす》ってから言った。

「那月は、俺と平野――姉さんが付き合ってて、二股掛けてると思ってるみたいだけど、それは間違い。ただ、土曜日に那月の誘いを断って、陽希と一緒にジュエリーショップに行ったのは本当」

「……」

「まあ、そうやって話しただけじゃわからないよな。……仕方ないか。本当は、もっとムードのあるところでと思ってたんだけど」

彼は笑いながら、コーヒーの缶をベンチに置いた。そして、傍《かたわ》らのビジネスバッグから、四角い箱のようなものを取り出す。

「陽希には、これを一緒に選んでもらってたんだ」

白い箱の中から出てきたのは、赤いベルベットのジュエリーケース。

そのケースを開けると――中央に、可愛いダイヤが一粒埋め込まれたリングが鎮座していた。

「まだ付き合ってから四か月しか経ってないし、お互い知らないことも多くて不安もあると思う。でも俺は、結婚するなら那月みたいに、一緒にいて落ち着いて、癒《い》やされる女の子がいいって考えてる」

彼はそこまで言うと、気を引き締めるみたいにきゅっと唇を結んでから、こう言った。

「俺と結婚してほしい。ずっと、大事にするから」

「っ……！」

身体中から力が抜けて――両手で握りしめていた缶を落としそうになった。慌てて持ち直し、それを彼がしたようにベンチに置く。

これって、まさかプロポーズ……？

わたし、芳賀くんに、今——プロポーズされてるの？？

急展開すぎて、頭が追い付かない。

そういえば、この前愛菜が言ってた。このジュエリーブランドは、エンゲージリングとして人気があるって——

「那月、返事は？」

「あっ……あ」

答えなきゃ。

わたしの気持ちは、ずっと芳賀くんにあるんだから。

『喜んで』とか『お願いします』とか——何か言葉を紡《つむ》がなきゃいけないのに、わたしはただ、ボロボロと涙をこぼすことしかできない。

でもこらえられなかった。嬉しくて涙が止まらないのは、初めてだ。

「そんなに泣くなよ」

「だっ、だってっ……」

まさかこんな瞬間が訪れるなんて。

大好きな芳賀くんに、プロポーズされる日が来るとは。

「そのチョイス、陽希なんだよ。『那月の好みはあたしが一番わかってるから』って……気に入った？」

「うん、とてもっ」

華やかすぎるものが苦手なわたしの好みに合う、控えめなデザイン。

「『那月が喜ぶ顔が楽しみ』なんて言いながら、『うらやましい〜』って、自分で自分のリング買ってた。……いい姉さんだよな」

「……うん」

わたしは、陽希を疑ったことを激しく後悔した。

彼女だって、芳賀くんと一緒で、わたしの味方でいてくれたのに。

昔から持っているコンプレックスのせいで、陽希がわたしを裏切ったと思い込んでしまった。

「でも……誤解が解《と》けてよかった」

芳賀くんが、心底ホッとした表情を浮かべる。

「いきなり連絡取れなくなるから、本当に嫌われたのかと思った。俺が気付かない間に、那月の気に障《さわ》るようなことでもしてたのかなって。色々考えたりもしたよ」

「ご、ごめんね。わたし、先走っちゃったみたい」

いくらショックだったからとはいえ、やっぱり芳賀くんの言い分もきちんと聞くべきだったのだ。

「よりによって、まさか姉さんとの仲を疑われるとは思ってなかったけど。そんな素振り、見せたことあった？」

わたしが陽希との関係を勘繰ったのが、よほど不本意だったのだろう。冗談っぽい口調ではあるけれど、ちくちくと責めてくる。

「ううん、ないよ。でも、陽希は人懐っこいし、付き合いやすいから。……芳賀くんも、やっぱり陽希のことが好きになっちゃったのかなって」

「俺って信頼されてないんだなー。ずーっと那月がいいって言い続けても、あんまり響いてないみたいだし」

「そ、そんなことないよ」

「そんなことあるよ」

芳賀くんは、拗《す》ねているようにも見えた。

信じたい気持ちはもちろん、ちゃんとあった。けれど、なかなか自信を持てないわたしは、どうしても不安に駆られてしまうのだ。

「……なら、改めてわかってもらおうかな」

どうしたら機嫌を直してくれるのか。困惑するわたしの顔を見て、彼が薄く笑った。

「俺がどれくらい、那月のこと好きなのか――今夜、ベッドの中で、な」

◆　◇　◆

「ふぅんっ、んんっ……」

家に入るなり、芳賀くんはわたしを強く抱きしめてキスをしてきた。

強引で、噛みつくみたいに激しいキス。

それはまるで、会えなかった期間を埋めるかのようだった。

息継ぎをするために離した唇を、呼吸をするよりも先にまた捕えられる。

「んんっ、息、できなっ」

なんとか訴えると、彼はようやくわたしを解放してくれた。

「……ふたりきりになったら、どうしようもなく那月が欲しくなった。いい？」

「……」

恥ずかしさはあるけれど、わたしも、彼とひとつになりたい。……触れ合うことのできなかった期間の分だけ、たくさん愛し合いたい。

頷《うなず》くと、彼はわたしの服を脱がせに掛かる。

「こ、ここっ、玄関だよっ！」

「関係ない」

いや、関係あるよ――なんて思いつつ、抵抗も空《むな》しく、されるがままに上半身から一枚ずつ剥《は》ぎ取られていく洋服。

ここは芳賀くんが暮らすマンションだ。ワンルームだけどセキリュティのきちっとしたところで、都会的な外観をしている。

そんな彼の自宅で、ベッドまでの距離がもどかしい――わたしを見つめる彼の熱い瞳が、そう物語っている。

「でも、床冷たいし」

そろそろ肌寒くなりはじめる季節だ。ひんやりとしたフローリングが、足裏から体温を奪っていく。

「わかった——那月が風邪ひいても、嫌だしな」

彼はわたしの腕を引いて、ベッドまで連れて行く。腕に掛けた出勤用の黒いトートバッグが、床に落ちた。

そこから微《かす》かに飛び出た携帯をそのままに、芳賀くんはわたしをベッドの上に押し倒して、唇や頬、目元にキスの雨を降らせる。

温かく、柔らかな唇の感触が心地いい。うっとりと身を任せていると、彼はスーツの上着を脱ぎ、きっちりと締めていたネクタイを緩《ゆる》めた。

「……このまま？」

「何で？　いけない？」

「シャワー、浴びちゃダメ？」

一日働いてきたあとだし、汗を流したい。だけど彼は、

「勝手に勘違いして音信不通になっておいて、俺に逆らえるの？」

と、取り合ってくれない。

「でも、恥ずかしいっ」

「せっかく那月の濃い匂いがするのに。もったいないだろ」

彼はそう言うと、わたしのジーンズのジッパーを下げて、ずり下ろしてしまう。

それから、わたしの身体を押さえつけたまま、鼻先をショーツのクロッチに押し当てた。

「だ、ダメっ！」

「いいから――ここ、気持ちよくしてやるよ」

ショーツを下ろすと、わたしの恥ずかしい場所が露《あら》わになる。

芳賀くんは、ためらいもなくそこに顔を埋《うず》めると、舌先で秘裂をなぞった。

「やぁあっ！」

敏感なそこは、舌先が触れただけで強い刺激を感じる。びくんと腰を揺らしてしまいながら、恥ずかしさで顔を覆う。

「だめだよ、芳賀くんっ！　そこ、汚いからっ！」

「汚くないよ。美味《おい》しいよ、那月」

――恥ずかしすぎて死んじゃいそう!!

羞恥《しゅうち》のあまり、どうにか逃れようと試みるけれど、自らのジーンズに両脚を拘束されてしまい、叶わない。

「ぁあっ、やぁあっ」

舌の凹凸が秘裂や陰核《いんかく》に触れるたび、わたしの官能は酷《ひど》く高ぶり、はしたない声がもれる。

「すごいよ。たくさん溢れてくる」

芳賀くんの言う通り、彼が与えてくれる快楽に蕩《とろ》けきってしまっているそこは、その度合いを示すかのようにしとどに濡れてる。

時折、彼が蜜《みつ》を吸い上げる音がして——本当に、恥ずかしい。

「こんなに濡らして——いつからそこまでエロくなったんだよ？」

「いやっ」

「ここ、パンパンに腫《は》れてる。そんなに気持ちいい？」

ここ——と言いながら、舌先で陰核を突く彼。

「ぁあっ！」

ダメ——そこばっかり弄《いじ》られると、気持ちいいのが止まらなくなるっ！

「そんなにイイなら、舐めるだけじゃなくて、吸ってみる？　こんな風に——」

「やっ、それダメっ！」

芳賀くんの唇が、真っ赤に熟《う》れた敏感な粒を捉えた。

そしてちゅっ——と音を伴い、じっとりと攻め立ててくる。

「ぁあああっ……!!」

ゾクゾクゾクっ、と、激しい快感が脊髄《せきずい》を駆け抜ける。

わたしはその一瞬で、軽く達してしまった。背をしならせて、その波がすぎ去るのを待つ。

「もしかして、イッた？」

「っ……はぁ、んんっ」

わたしはびくびくと身体を痙攣《けいれん》させつつ、こくんと頷《うなず》く。

——すごかった。言葉を紡《つむ》ぐこともできないままに、乱れた呼吸を整える。

……と、そのとき。フローリングの床から、ビーッという振動音が聞こえてくる。

発信源は、さきほどバッグを落としたときにこぼれた、わたしの携帯電話だ。

誰かからの電話。友達の少ないわたしに連絡してくる人間は、ごくごく限られている。

「出て」

それでもスルーしようかと思ったけれど、芳賀くんが携帯を拾い上げ、わたしに差し出す。

もしかしたら、邪魔が入ったことを面白くないと思っているのかもしれない。

わたしはずり落ちたジーンズをそのままに、絶頂感ですこし重たくなった身体を起こして携帯を受け取った。

——陽希だ。ディスプレイを見せて、相手が姉であることを示すと、芳賀くんは薄く笑い、更に電話を出るように重ねて言った。

「……もしもし」

「あー那月ぃ？　あたし、陽希～」

発信ボタンを押すと、普段通り、呑気な声が聞こえてくる。

わたしたちは今、激しいケンカをしているはずだけど、マイペースな姉はこのとおりずっとあっけらかんとしている。

陽希に謝らなければ、というわたしの思いはあるが、それは直接会ってからにしよう。

「ど、どうしたの？」

「んーと、実は那月にお願いがあってー。ちょっと聞いてくんない？」

「わたしに聞けることなら、い――……？」

姉と言葉を交わすその合間に、芳賀くんが再び、わたしをベッドに押し倒した。

自由を拘束していたジーンズを脱がし、そして、片脚を掲げるように広げると――

「ぁあっ！」

彼は固く勃《た》ち上がった自身を秘裂に押し当て、こともあろうか、そのまま貫いたのだ。

まだ絶頂の余韻に浸《ひた》っていた敏感な内壁は、普段よりも一層強い刺激を感じて収縮する。

「もしもーし、那月ぃ。聞いてる～？」

「あっ、う、うんっ」

電話の向こうには陽希がいる。こちら側で起こっていることを悟られないようにするには、ただただ下腹部を抉《えぐ》る衝撃に耐えるしかない。

「どうしたの、那月。具合悪いの？」

「ち、違っ……そ、そんなんじゃ、ないのっ」

必死に否定するけれど、荒い呼吸はごまかせない。

上ずった声と、頼りない呼気が陽希を心配させてしまったようで、

「調子悪いなら、病院行ったほうがいいよ？　あんた、いっつも我慢するから」

なんて、気遣う台詞《せりふ》が聞こえてきた。

「う、うんっ、そうだねっ……っぁ！」

それまで静止していた芳賀くんが、ゆっくりと抽送《ちゅうそう》を開始する。

――だめ！　動いたりなんてしたら、もう絶対耐えられないっ！

「や、めてっ……」

わたしは通話マイクを手のひらで覆って、芳賀くんに訴える。けれど、彼は、

「やめない。俺の気持ちを疑った罰なんだから」

なんて言って、話にならない。

電話を取る直前の彼の笑顔が頭を過《よぎ》って「ああ、そうか」と思う。

ドSな彼は、このシチュエーションを愉《たの》しんでいるのだ。

「それでねー、那月。今日さ、あたし家の鍵持ってくるの忘れちゃったのよー」

「はぁ、んんっ」

陽希がしゃべりつづける間も、芳賀くんの切っ先は、わたしの膣内《なか》を穿《うが》ち続ける。

浅いところを突いたあとは、深く抉《えぐ》るように貫いてみたり。じっくりとねぶるように突き入れたあとは、衝動に任せて激しく往復したり。

とにかく、わたしがとても平静ではいられなくなるような、変化に富んだ動きを仕掛けてくる。

「あぁっ、ふぅっ」

必死に通話マイクを覆い続けているけれど、これじゃいつ限界がくるかわからない。

「でー、お願いなんだけど〜、今日あたしが帰るまで起きてて欲しいんだー。お母さんたち、早く

寝ちゃうでしょー、じゃなきゃ家入れなくなっちゃうし」

「ん、くっ……」

喘《あえ》ぎになったらいけない。変な声をもらしちゃいけない。

自分を戒《いまし》めつつ、下腹部からガンガンに与えられる快感を意識しないようにして、一方で陽希の話も頭に入れる。

でもそれを理解するのに精いっぱいで、答えを返す余裕なんてなかった。

「ねー、聞いてるの、那月？　無視しないでよ～」

「ごっ、めんっ……」

慌ててマイクから手を離して言った。

無視しているつもりなんてないけれど、陽希にとっては結果そうなってしまっていた。

わたしは、動きを止めてくれるように芳賀くんの目に訴え掛けるけど、彼は完全に面白がっている。

「那月」

「……？」

「いっそ、陽希に言ってやれよ。今セックスしてるから、あとにしてって」

「っ!?」

耳元で、囁《ささや》かれた。

そんなこと、言えるわけないいじゃない！

「そろそろ俺のほうも構ってくれないと、困るんですけど？」

「ぁあっ――！」

芳賀くんの律動が、急に大きくなる。

貪欲に奥深くをガツガツと抉《えぐ》るような動きになり、わたしも、卑猥《ひわい》な声が我慢できなくなる。

「何、何か今叫ばなかった？　那月」

「えっ――ううんっ」

「どしたの？　っていうか、今どこにいるの？」

「い、ま、はっ……んんんっ！」

そんなにいっぱい突かないで！　気持ちいい声、止まらなくなるっ……

――ダメだ。このままじゃ、陽希にバレちゃうっ！

「ごめんっ、陽希っ……わた、わたし、今外にいるのっ！」

身体の内側にもたらされる衝撃で、声を震わせながら小さく叫ぶ。

「だからっ、か、鍵っ……開けてあげられないっ！　ごめんねっ！」

「那月？　ちょっ――」

「切るからっ！」

わたしはそう言い終わるとすぐに、電源ボタンを押して通話を終わらせる。

手元から、ぽとりと携帯電話が落ち、傍《かたわ》らに転がった。

「ぁあっ、やあっ！」

「まあまあ頑張ったじゃん。バレずにすんだな」

「ひ、どいっ！」

危機が去ったからか、わたしの身体は緊張から解《と》き放たれ、よりダイレクトに快感に反応するようになっていた。

「なあ、那月」

「はぁっ、ぁあっ、何っ？」

「膣内《なか》に挿入《はい》ってるの――着けてないって、知ってた？」

「！」

着けてないって……避妊具のこと!?

今までそんなこと、一度もなかったのに！　ど、どうしてっ!?

「俺と那月の、直接触れ合ってるのわかる？」

「ちょ、くせ――つっ」

そういえば、いつもよりも彼の熱を感じるような――

接合部を意識すればするほど、快感が煽《あお》られる。

直接――芳賀くんのが、わたしの中に入ってる。

何の隔《へだ》たりもなく、直接、わたしの膣内にっ！

「急にすごく締め付けてきた。那月、興奮した？」

「そんなんじゃっ、あっ！」

口では否定したけれど、ありのままの芳賀くんを受け入れているのだと思うと、どうしようもなく身体が火照《ほて》る。

どうしよう、気持ちいいっ、今までで、一番っ！

「も、だめっ……芳賀くぅんっ、もう、わたしっ！」

わたしは激しい律動に身体を揺さぶられながら、二度目の絶頂が迫っていることを訴える。

「俺も――そろそろっ！」

芳賀くんはわたしの両膝を抱え、一心に腰を打ち付けた。

どちらのものかもわからない汗が肌に滲《にじ》み、身体がぶつかるたびに水っぽい音を立てる。

「那月、愛してる――……」

「芳賀くんっ、芳賀くんっ！　はあぁああっ……！」

わたしたちは、お互いの名を呼びながら、高みへと導かれる。

彼が自身を素早く引き抜くと、快楽の残滓《ざんし》をわたしの身体に放った。

「んっ……！」

お腹に温かな滴《したた》りを感じつつ、ふたりで抱き合える喜びを噛み締めて、わたしたちはキスを交わした。

◆
◇
◆

「なーつきちゃんっ♪」

——夏の余韻も冷めてきたある日の夜。

自室の扉を開けると、陽希がニヤけた顔で立っていた。そうして、わたしの様子を窺《うかが》うようにじっと見つめてくる。

「うふふふ」

「……何、気持ち悪い声出して」

いかにも作ったような、よそ行きの声。

こういう声を出すときの陽希は、必ずよからぬニュースをわたしに知らせてくる。

「やーだ、気持ち悪いなんて酷《ひど》い～」

「……いいから、言ってみなよ」

加えて上目遣いときたら、悪い予感しかしない。

するとやはり。わたしの心を読んだかのように、「言いにくいんだけど～」なんて話しはじめる。

「実はさー、明日会社の健康診断なわけよ～。でも最近さー、あたし飲み会続きでしょー？　血液検査で引っかかるかもーとか思うと、怖いんだよねー」

「だから入れ替わってほしいって？」

「そーそー、話早ーい♪」

「……はぁ」

わたしはげんなりして、ため息をこぼす。

近頃の陽希は、何かにつけてこうだ。病院で薬が欲しいから代わりにもらってきてとか、リップグロスが切れたから似合う色買ってきてとか。入れ替わりに味をしめて、わたしを都合よく使おうとする。もはや入れ替わりというより、使い走りに近いかもしれない。

「さすがに健康診断はダメでしょ。それって陽希の結果じゃなくて、わたしの結果になっちゃうじゃない」

「カタいこと言わないー。書類上問題がなければいいんだって～」

いやいやいや。いいわけないでしょ。不健康を見つけるための検査で、隠蔽《いんぺい》してどうする。

「あのねえ、陽希。わたしにも聞けるお願いと、聞けないお願いがあるよ」

さすがにその一線を越えたくはない。ところが、陽希は、

「へー、那月。そんなこと言っていいのー？」

なんて高圧的な反応を見せる。

「大切なエンゲージリングを一生懸命選んであげた優し～いお姉様を、裏切り者扱いしたのはどこの誰だっけー？」

「くっ……」

「だいたい、その結婚が決まったのだって、あたしが芳賀くんとのデートをセッティングしてあげたからだよねー？」

……またはじまった。ちょっとでも反論するとこれなんだから。

わたしが断れないのは、いつも陽希が例の件を笠に着て迫るからだ。

勝手に勘違いしてしまったのは心の底から悪かったと思っているし、反省もしている。陽希にも直接、何度も謝った。

だからってそれを逆手に取って脅迫してくるなんて。

「そんな協力的な姉のお願い、聞いてくれないの〜？」

「……もー！」

しばらくこのネタで陽希に振り回されるんだろうな、と思いつつ、さてどう彼女を説得したものかと、頭を悩ませた。


「あはは、さっすが、陽希らしいな」

「もう、笑い事じゃないんだよ！」

わたしと芳賀くん、ふたりの休みが揃う土曜の午後。

彼のマンションに遊びに来たわたしは、淹《い》れたばかりのコーヒーを片手にソファに並んで腰掛けている。

最近、我儘《わがまま》の度がすぎてきた陽希の話をしたら、芳賀くんが愉快そうに笑ったので、わたしはやや声を荒らげて言った。

「ま、笑ってすませられるレベルのお願いごとなら、聞いてやってもいいじゃん」

「そうやって、簡単に言うけど……。芳賀くん、何か陽希には甘くない？」

「そう？」

「絶対そう。まあ、わたしもたいがい、陽希の言うことは聞いちゃったりしてるんだけど」

「甘くしてるわけじゃないけど、でも陽希の言うことって間違ってないしな」

「間違ってない？　どこが」

わたしが思わず目を丸くして、身体ごとぱっと彼を向くと、彼は慌てて「いや」と首を横に振る。

「入れ替わりどうこうの話じゃなくて。……陽希が俺たちの関係に貢献したって部分な」

彼はそう言うと、熱いコーヒーを一口啜《すす》ってから、わたしのほうを見た。

「陽希には感謝してんだよ。だって俺と那月がこうして、休みの日にゆっくりコーヒー飲んでいられるのも、陽希のおかげだろ」

「……それは、まあ」

そこに関しては……本当、その通りだ。だから同時に、わたしの弱みになってしまっているんだけど。

「那月」

「何？」

右側の肩に、そっと温かい感触がした。芳賀くんの手のひらが、わたしを抱き寄せるように触れている。

それから彼は、コツンと頭をつけるみたいにして、わたしに寄り掛かってきた。

「これから、ふたりで幸せになろうな？」

「……うん」

頷《うなず》いて、わたしは満たされた感情を噛み締めるみたいに瞳を閉じた。

ふたりの未来を、心のキャンバスにそっと思い浮かべながら——

恋の代役、まかせます！

九月も中旬に入った、とある土曜日。

わたしは深緑がベースのタータンチェックのワンピースに、ワイン色のカーディガンという装《よそお》いで、とあるカップルを尾行していた。

そのカップルはこれから映画館に入ろうとしている。

男性は、黒いテーラードジャケットに白いシャツ、ベージュのチノパンという爽《さわ》やかな格好。

女性は、ダンガリーシャツに白いスカート、という、デートにしてはかなりシンプルな服装だ。

ふたりは談笑しながら、予約しておいたらしいチケットを発券するべく、備え付けの機械の前に進んでいく。

実は彼らは、わたしが最もよく知る人物だ。

片一方は、ただいま婚約中の大好きな彼氏。そして、もう片方は、わたしと姿形がそっくりの双子の姉だ。

わたしは、そんな彼らふたりのデート風景を、こうしてバレないように追っている。

なぜこんな事態になったのかというと――

◆
◇
◆

「那月はいいなー。毎日幸せそうでさ～」

先週の土曜日。芳賀くんとのデートを終え自宅に帰ったわたしを、陽希はため息をつきながら迎えた。

「陽希、今日は出掛けなかったの？」

珍しい。彼女は休みとあらば、家でじっとすることなく、アクティブに動き回っているというのに。

「んー。まあね」

おや、今日はご機嫌ナナメらしい。答えるトーンがいつになく低い。

「陽希だって、いつも楽しそうじゃない。飲み会やらランチやらで」

わたしよりもずっとプライベートが充実していそうなのに——と声を掛けると、どうやらそれが地雷だったらしい。彼女は眉間に皺《しわ》を寄せて、ずいっと顔を近づけてきた。

「楽しくないよ！　飲み仲間がさ、最近ことごとく彼氏彼女ができちゃって。デートで忙しいとか何とか言って、あたしは放置。ちっとも、ちーっとも楽しくないの！」

「あらら……」

なるほど。いつも遊んでいるメンツが急に揃わなくなってしまった、ということか。

「陽希も彼氏作ればいいじゃない」

見た目に人一倍気を遣っている陽希には、男友達もたくさんいる。その中に、付き合いたいと思う人はいないのだろうか？

「作ろうと思って作れるなら、世の中出会い系サイトだの結婚相談所だのなんていらないでしょ。あたしだって、理想があるの、理想が」

「はぁ……」

「いいなー、那月は。イケメンで将来有望な婚約中の彼氏がいてー！　本当、那月と替わりたいよ。那月みたいにいい人を捕まえてれば――ん？」

ぐちぐちと不平不満をもらす陽希だったが、その途中で言葉を止めた。

そして、閃《ひらめ》いたとばかりにぽんと手を打ってみせる。

「そーだ。入れ替わっちゃえばいいんだ！」

「……？」

「あたしが、那月の代わりに芳賀くんとデートしたらいいんじゃん」

「……!?」

絶句する。陽希ったら、一体何を言い出すの!?

わたしが物も言えずに陽希を見つめていると、彼女はわたしの肩にぽんと手をのせながら、もっともらしくこう言った。

「いい、那月。これはね、あんたのためなの」

……わたしのため？

「あたしはね、姉として芳賀くんとの結婚は許したよ。でも、正直言って、心のどこかではまだ心配してる。だって芳賀くんはモテるもの。イケメン。性格がいい。将来有望。この三拍子が揃ってるんだから、そりゃあお近づきになりたい女子がいっぱいいるのは当たり前よ。そうでしょ？」

「う、うん……」

「そこでよ！　芳賀くんの気持ちが本物かどうか、このあたしが計ってあげようってわけ」

「ちょ、ちょっと待ってよ。計るってどうやって？」

わたしが突っ込むと、陽希はふふんと得意げな笑みを浮かべた。

「鈍いなー、そこで入れ替わりをするんじゃない！　芳賀くんが本当に那月のことが好きなら、那月のふりしたあたしのことなんて、ものの見事に見抜いちゃうに決まってる。でも、もしその気持ちがハンパなら……気付かないままデートを終えちゃうかもね。そんな男、那月は信用できるの？」

……話の筋は通ってないこともない。けど、わたしの代わりに陽希が芳賀くんとデート？

「何でそんなことさせなきゃいけないのよ。そんなことしなくても、芳賀くんはわたしと陽希の違いくらい、一目で見抜いてくれるに決まってる」

「ふーん。ホントにそう言い切れる〜？」

陽希はジト目でわたしを見つめながら、肩を竦《すく》める。

「それに那月さあ、最近、芳賀くんに女の影を感じるって言ってたじゃなーい？　彼の職場で、迫ってる女がいるって」

「それは、まあ……」

女の影というほどではないけれど、彼に興味を持つ女性がいる——というのは事実だ。

芳賀くん本人の口から聞いたことだし、それは確か。もっとも、彼は全然取り合っていないみたいだけれど。

「その子、美人なんでしょー？　ナントカってハーフタレントに似てるとか」

「……う、うん」

彼の会社の飲み会の写真で、その子の顔を見たのだけど……その通り。芸能人と見紛《みまが》うほど美人で、可愛かった。わたしが男だったら、こういう子と付き合ってみたい——と思うくらいに。

「だとしたらー、芳賀くんの那月への愛、確かめてみたいと思わない〜？　その女で試すのはリスキーだけど、あたしは絶対にあんたを裏切ったりしないって約束できるから、安心でしょ？」

陽希はなんとかわたしを言いくるめようと、捲《まく》し立てる。

……でも、ちょっと待った。

「とか言って陽希。本当のところは、いい退屈しのぎがないか、探してるだけなんでしょ？」

陽希の表情が、一瞬ギクリと固まったのを見逃さなかった。けれど、陽希は認めない。

「そんなわけないじゃない！　妹を心配する姉の気持ちが、伝わらないの？」

「……すっごくわざとらしいんだけど」

「いいから、素直にあたしの言うこと聞いときなって！　次のデート、あたしとあんたが入れ替わって、那月への愛を確かめてあげるんだから。いいね!?」

――こうなったら、誰も陽希を止められない。

自分の彼氏を姉とデートさせるなんて、そんな馬鹿な……と思ったけれど、例の、彼の職場の女性社員が気になっていたところではあった。

あんなに素敵な女性なんだもの。芳賀くんの気持ちが揺れないとは限らない――

実は今、わたしは気弱になっている。だからほんのすこしでも自信を得ることができるのなら――と、陽希の提案に乗っかってみたのだった。

◆◇◆

そろそろ、映画が終わる。わたしは入り口で、ふたりが出てくるのを待っていた。

……この映画、わたしが観たくて芳賀くんに予約してもらったのに、結局観られなかったなぁ。

でも万が一映画の途中でふたりと顔を合わせたら大変だし。我慢、我慢。

切ない気持ちを感じつつ、映画館から出てきた人波の中にふたりの姿を見つけて、その十メートルくらい後ろを付いて行く。

尾行に関しては、陽希の了承ずみだ。むしろ、やましいことがないのを確認できるように、そうしてほしいと言われている。

「芳賀くん、お茶でも飲もうか？」

「そうだな」

入れ替わりのときに、陽希は演技は得意だといっていたが――なるほど。いつもの賑《にぎ》やかな空気は消しつつ、きちんとわたし――那月として振る舞っているような気がする。

映画館を出ると、ふたりは近くのカフェに入っていった。

広々としたコーヒーチェーンで、人が多い分、わたしの存在も気付かれにくいだろう。尾行にはうってつけの場所だ。

「わたし、買ってくるね」

那月《わたし》のふりをした陽希は、空いている席に芳賀くんを座らせて、コーヒーを買いにレジまでやってくる。

「那月〜。けっこういい感じにだませてると思うよ」

陽希はレジ前でわたしの姿を見つけるなり、嬉しそうに報告した。

「んー、やっぱこういうスリリングなゲームって燃えるわ〜」

「……はいはい」

陽希にとっては遊びの一環であることを、もはや隠そうとしないところが潔《いさぎよ》い。

「しっかし、これだけ気付かないとなると逆に心配だわー。芳賀くん、那月に興味なくなっちゃったんじゃないかなーって思っちゃう」

「……」

やはりそうなんだろうか。

芳賀くんなら、もっと早い段階でわたしじゃないことに気付いてくれると思ったのに。

……もしかして、今はほかの女の子のことで頭がいっぱいだから、そこに気が回らないとか？

もしそうだったら――

「じゃ、先行ってるね～。離れたところで引き続き尾行よろしく♪」

先にアイスコーヒーをふたつ買い終えた陽希が、一足先に席へと戻っていく。

わたしもそれに遅れること数分。同じくアイスコーヒーを購入して、席へと向かった。

――さて、何処《どこ》に座ろうか。と、周囲を見渡して、ちょうどいい席を見つける。

陽希と芳賀くんが向かい合って座っているソファーの後ろ。ちょうど、芳賀くんと背中合わせになるその席なら、死角になるうえに、様子が窺《うかが》いやすい。

わたしは迷わずそこに移動して、うしろの会話に耳を澄ませた。

「さっきの映画、面白かったね」

「那月、見たがってたもんな」

……那月って呼んでる。それは陽希なのに。

面白くない気持ちで、アイスコーヒーにストローを差して、中身を啜《すす》る。

「芳賀くん、最近会社はどう？」

「どうって、何が？　忙しいかってこと？」

「うん、それもそうなんだけど……」

ちょっと言い辛そうに言葉を切ってから、陽希が続ける。

「まだ例の女の子、言い寄ってきてるのかな？」

陽希がいきなり、核心を突いた。彼女も今回の入れ替わりを決行した以上、これは訊《き》いておかなければと思ったのだろう。

「ほら、その子すごく可愛かったから……芳賀くんがそっちに行っちゃうんじゃないかって、不安で」

わたしだったら思っていても訊き出せないことを、陽希はいとも簡単に訊いてしまう。

そういうところがすごいと思う。

さあ、芳賀くんは何て答えるんだろう。わたしも陽希も、固唾《かたず》を呑んで彼の言葉を待った。

次の瞬間――

「なるほど――。それが今回の入れ替わりの目的か」

聞こえてきた台詞《せりふ》に「えっ」と声が出そうになった。

おそるおそる後ろを向くと、居心地悪そうな微笑を浮かべる陽希と、怖いくらいににっこりとした、いい笑みを浮かべる彼が、こちらを見ていた――

◆　◇　◆

「俺が気付かないとでも思った？」

「ご、ごめんなさい……」

「当然、最初から気付いてたに決まってるだろ」

西日の差してきた大きな公園の中を歩きながら、芳賀くんが嘆息した。

彼が言うように、わたしたちの入れ替わりは、待ち合わせの段階ですでにバレていたらしい。

「どうして気付いたの。陽希、けっこう上手に演じてたと思うけど」

「だから何度も言うけど、雰囲気。そこまでは本人じゃないんだから、ごまかせないだろ」

「なるほど……」

「例の女性社員のことが気になるなら、直接訊けばいいのに」

「そ、それもごめんなさい」

「まあどうせ、姉さんの悪戯《いたずら》だろ。考えそうなことだ」

芳賀くんも陽希の性格がわかってきたらしい。彼は、やれやれとばかりに肩を竦《すく》めた。

「——俺が興味あるのは那月だけって、何回言わせるんだよ」

「そのときはね、納得するんだけど……その、相手の人が美人さんだったり、魅力を感じる人だったりすると、心配になっちゃって……」

正直、どうして芳賀くんがそんなにわたしを好いてくれるのかが、わからない。

だから、いつか他の女性にとられてしまうかも——なんて漠然とした不安に襲われるのだ。

「プロポーズまでしたのに、まだ疑う？」

「うう……」

「なら、那月が信じてくれるまで、ずーっと好きって言い続けるしかないな」

「ずーっと？」

「そ、ずーっと。歳取って、お互い腰が曲がって、杖《つえ》ついて歩くのがやっとになるまで」

彼は冗談めかしてそう言ったあと、ふっと真面目な顔をした。

「……そんな風になるまで、那月と一緒にいたい。その気持ちは、本当」

「芳賀くん……」

どちらともなく足を止めて、向かい合う。

「約束してくれるか？　そんなときでも、となりにいてくれるって」

「……うん」

歳を取って、腰が曲がって、杖《つえ》をついて歩くのがやっとになっても。

わたしは、この人とずっと、ずーっと一緒にいたい。

オレンジ色の西日に照らされる彼の顔を見つめながら、強くそう思った。


「今夜は、俺の好きにさせろよ？」

公園を出た後、芳賀くんのマンションに向かったわたしたちだったけど、マンションに着いて一息つく暇もなく、彼はわたしにそう宣言した。

「何それ、どういう――んんっ」

言葉の途中で、深い口付けをされた。

口の中を這いまわる彼の舌の動きが、艶《なま》めかしい。

「はぁっ……」

しばらく口腔《こうこう》を犯されたあとに解放され、わたしは貪《むさぼ》るように息を吸う。

「シャワー浴びたい？」

「浴びてきても、いいの？」

芳賀くんは、そのままのわたしを愛したい——なんて言って、それを許してくれないことが多い。なのに、彼のほうからそんな提案をしてくるなんて、珍しいと思った。

「一緒にならな、な」

「え？」

彼はそう言うと、わたしの手を引いて脱衣所へ向かった。

扉を開け、さらにその先にあるバスルームに続く扉も開け放つと、シャワーの蛇口を捻《ひね》って、そのままバスルームの扉を閉めて戻って来る。

「早く脱いで」

「こ、ここで？」

「ここ以外のどこで脱ぐんだよ。ほら、早く」

「えっ、えっ」

横で芳賀くんがさも当たり前というように衣類を脱ぎはじめている。

近くに備え付けられた洗濯機に、シャツや靴下、下着を入れて——ということは、今は、は、裸っていうことに！

……いや。もちろん、彼の裸が珍しいわけじゃない。

もう何回も、彼とはそういうことをしているし、慣れた――とまではいかないけど、その――視界に収めたことは、何度もある。

けどそういう問題じゃないのだ。恥ずかしいものは恥ずかしい。

特に、お風呂なんてベッドルームの比じゃなく明るい場所だ。その場所で自分の全てを見られてしまうなんて……

「先に入ってるからな」

「はっ、はいっ」

彼はわたしにそう言い残し、さっさとバスルームに入っていってしまった。

「……」

中から早速、シャワーの音が聞こえてくる。

できることなら逃げ出したいけれど、それが許されないだろうことはこれまでの経験から知っている。

わたしは観念して一枚ずつ服を脱ぎ、丁寧に畳んで脱衣カゴの上に置くと、バスルームの扉を開けた。

中は熱いシャワーのおかげで湯気が立ちこめていて、思ったよりも周囲の様子は鮮明には見えない。けれど、彼の逞《たくま》しい胸板や、ほどよく筋肉のついた腕や脚などは、そのつもりがなくても目に入ってしまう。

「おいで」

彼は自分の前に向かい合わせになるようにわたしを呼ぶと、掴んだシャワーヘッドをわたしの首元へと向けた。

温かなお湯が、わたしの首から胸元、お腹、太腿《ふともも》へと伝って落ちていく。

「温かい？」

「うん。気持ちいい」

今日は芳賀くんと陽希のあとを必死に追っていたので、肉体的にも疲れていた。

その疲れた身体を、熱いお湯がほぐしてくれているような気がする。

「俺が洗ってやるよ」

一通りお湯を掛け終わると、芳賀くんは傍《かたわ》らにあったボディソープのボトルを手に取り、二回プッシュして手のひらで泡立てる。

そして、わたしの右腕を掴むと、その肌の表面にソープを塗りこめていく。

「んっ……」

誰かに身体を洗われるなんて、初めてだ。マッサージされているみたいで、結構心地いい。

「よーく洗わないとな？」

ソープを纏《まと》った彼の指先が、腕から背中、お腹、お尻、太腿――と、わたしの身体をなぞっていく。

最初のほうは、しっかり圧が掛かった状態で触れていたのに、それはだんだん羽毛が触れるような、ごくごく軽いタッチに変わった。

やだっ、そんな触り方されると、何だかゾクゾクしてきちゃうのにっ……

「んっ」

脇腹をスッとなでられて、思わず声が出てしまった。

「どうした？」

「えっ、な、何もっ」

何か企《たくら》んでいるような笑顔で訊《たず》ねられたから、わたしはその手には乗るまいと慌てて否定する。

きっと意地悪な芳賀くんのこと。わたしがこういう反応をするとわかって、しているんだ。

けれど、一度性的な刺激だと意識してしまった身体は、彼の指が触れるたびに、悦《よろこ》び、震えてしまう。

抑えようと思っても無駄だった。挙句の果てには――

「一度、お湯で流すね」

――シャワーの水圧にさえも、過敏に反応してしまうようになる。

肌の上に温かなお湯が叩きつけられるたびに、びくん、びくんと身体が小さく痙攣《けいれん》した。

「どうした？　寒い？」

「ううんっ……そ、そういうんじゃないけどっ」

えっちなことをされているわけじゃないのに――すごく恥ずかしい。

「『意地悪』って、そう思ってる？」

「っ！」

「はは、顔に書いてある」

芳賀くんは楽しそうに笑って続けた。

「ごめん、那月。でもこれ、お仕置きだからさ。那月には、ちょっとだけ困って、反省してほしいんだ」

「……お仕置き？」

「そう。だって那月、俺のことだましただろ。しかも、陽希使って、俺の職場の女の子の話聞き出そうとして」

「そっ、それはさっき、謝ったじゃっ……」

「謝ってもらったよ。でも、俺が納得したかどうかは別」

「ええっ？」

わたしはようやく羞恥心《しゅうちしん》が薄れてきたこともあり、彼の顔をまともに見た。

すこし濡れた髪の彼は、不敵に笑いながらわたしを見つめ返している。

「身体を洗われて、感じてきたんだろ？　……なら、素直に『もっとして』って言ってみろよ」

「そんなっ……」

「上手におねだりできたら、続けてやるよ。嫌なら、今夜はこのまま、何もしない。部屋に戻って寝るだけだ。……どうする？」

「ううっ」

あまりにも極端な二択だ。

「自分に素直になったほうがいいと思うけどな。こんな風に触られて――たまらなくなってきてるんだろ？」

「んんっ！」

こんな風――と言いながら、今まで彼が敢《あ》えて避けてきただろう胸の膨らみの、頂《いただき》の部分との境目に指を伸ばしてくる。

ただでさえ他の場所よりも敏感だというのに、ソープの滑《すべ》りが、刺激を助長させてしまう。更なる快感に、腰が砕けそうになった。

「ほら、どうする――言ったほうがいいんじゃないか？」

芳賀くんの意地悪モードが加速している。

「ここ、こうやっていっぱい、弄《いじ》られたいよな？」

「はんっ！」

今度は、胸の頂を無遠慮にぐりぐりと押し潰される。

触れたその部分から、甘い痺《しび》れが溢れだして、わたしの理性を確実に奪っていく。

「言って、那月。俺にどうされたい？」

「わ、わたしっ……」

早く彼に触れられたい。彼の愛撫がほしい――

「もっとっ……してほしい。もっと芳賀くんに、わたしの身体、いっぱい、触れてほしいっ……」

「わかった」

彼は満足げに言うと、ふたつの胸の膨らみに照準を絞った。

「ふ、ぅうっ」

膨らみを捏《こ》ねながら、時折頂を摘《つま》んだり、指先で弾いたりする。

そんな風に弄られていると、頂はすぐに上を向いて、硬くしこってくる。

「下も洗ってください、って言ってごらん？」

彼が胸の先を愛撫しながら、耳元で囁《ささや》く。

「し——下も、洗ってくださいっ」

「今日はずいぶん素直だな、那月」

彼はすこし身体を屈《かが》めると、ソープにまみれた手を、今度はわたしの脚の間に持ってきた。

「んんっ！」

くちゅくちゅ、と音を立てて、恥毛や恥丘をなでる彼の手は、そのまま割れ目へと滑り、往復をはじめる。

「ここの皮も剥《む》いて、洗おうな」

「やぁあっ！」

敏感な粒を探り、皮を剥いてなでる芳賀くん。

「ほら、ぷっくり膨らんできた。……気持ちいい？」

「い、言わないでっ！」

快楽に正直な身体が恨めしい。羞恥《しゅうち》で泣きそうになる。

「そろそろ身体が冷える。シャワーで流すぞ」

「う、うん……」

彼はそう言って、シャワーの蛇口を再び捻《ひね》ると、わたしの身体についた泡を流していく。

温かなお湯を掛けられながら、内股やわき腹、胸、脚の間など、敏感なところをなでられて、快感のゲージがさらに蓄積されていく。

「……俺のも、洗って」

芳賀くんはシャワーを止め、わたしの手を掴むと、それを彼の脚の間に持っていった。

そこには、興奮を帯びた熱い彼自身がある。そっと握ると、表面に血管の張り詰めたそれは、わたしの体温に反応するように、びく、と小さく跳ねる。

「わ、わかったっ……」

わたしはソープを手に取ると、よく泡立ててから両手で彼自身を包み込んだ。

「くっ……」

ソープの感触に反応してか、彼が小さく呻《うめ》く。

あまり力を入れすぎないように、両手で彼自身を掴んだまま、前後に動かす。

「こ、こんな感じで、いい？」

「そう――それでいいっ」

吐息まじりの彼の返事に、わたしはそのまま、彼の快感を煽《あお》るように、手を動かし続ける。

「……気持ちいい、那月っ」

わたしの両手で、彼がどんどん質量を増してくるのがわかる。

熱い塊《かたまり》を刺激する傍《かたわ》ら、わたしは片手を袋の部分に伸ばして、ソープを塗りつけながら優しく揉み解《ほぐ》す。

芳賀くんの端整な顔立ちが、耐えるように歪む。……わたしの手で、いっぱい気持ちよくなってくれている。

嬉しくて、幹の部分を愛撫する指先に輪を作り、くびれの部分をきゅっと締め付ける。

彼は、これがたまらないようだった。彼自身に血液が集まり、今にも破裂しそうなくらいに、一気に膨張してくる。

「那月、それヤバいっ——そんなことされたら、すぐ出ちゃう」

「……あ」

苦しげにそう言われて、わたしは慌てて手を離した。芳賀くんは、そんなわたしを抱き寄せて、頬にキスをする。

「俺の気持ちいいところ、もう全部知ってるんだな、那月は」

「っ……」

「今度は、ふたりで気持ちよくなる番」

彼が再びシャワーを出して、自身についた泡を洗い流す。そして。

「——四つん這いになって、浴槽に手をついて」

「えっ？」

彼からそういう要求をされるのは初めてだった。わたしが内容を呑みこめず、彼の顔を窺《うかが》っていると、

「お仕置きだって言っただろ。いいから、言うこと聞いて」

と、再び促《うなが》される。戸惑いつつも、バスルームの床に膝をついて、四つん這いになる。

次の瞬間、お尻に何か当たる感触があった。

熱い塊《かたまり》。それが彼自身であると気付いたのと同時に、その塊がゆっくりと、わたしの中に埋め込まれてくる。

「んっ～～～！」

膣内《なか》の壁を擦《こす》って挿入《はい》ってくる質量。その刺激は、今まで味わったことのないものだった。

「後ろからっていうのも、いいだろ？」

お腹の下のほうを抉《えぐ》られているような、知らない感覚。

わたしはその刺激に、音にならない喘《あえ》ぎをもらすので精いっぱいだった。

「一番奥まで、俺の、突き刺さってるのがわかる？」

「はぁっ、うんっ……」

まるで串刺しにされてるみたいだ。

深々とわたしを貫く彼自身は、最奥に辿り着くと、抽送《ちゅうそう》をはじめる。

「んっ、はぁ、んんっ！」

この体勢だと、肌のぶつかる音がよく響く。

浴室の天井に、ぱん、ぱん、という音が反響して、ひどくエロティックな気分にさせられる。

「こんな体勢だと、何だか、動物にでもなったような気分にならない？」

「い、いやっ……」

「犬猫の交尾もこんな感じだよな。セックスっていうよりも、いかにも、本能のままに繋がってるって風でさ」

言葉で愛撫され、身体がまた熱くなった。

「ほら、喘ぎ声我慢しないで。犬猫みたいに、気持ちいいならいいって言ってみろよ」

「やだっ……あっ！」

芳賀くんはわざと、わたしの情欲を煽《あお》るような言い方を選んで、腰を深く押し付けてくる。

「可愛いよ、那月。もっともっと、いじめたい」

いつもとは違う場所に擦れる彼の熱が切なくて、わたしは次第に声がこらえられなくなっていた。

「んっ、はぁっ、んんっ、ぁあっ！」

鼻に掛かった自分の声を聞くと、それが刺激となり、身体の内側からまたいやらしいものが滴《したた》ってくるような気がする。

普段と違うシチュエーションに、わたしは完全に彼がもたらす快感の虜《とりこ》になっていた。

「気持ちいい？」

「気持ちいいっ……芳賀くんっ、わたし、気持ちいいっ！」

「素直に言えて、えらいな。那月」

下半身を貫く熱に身を委《ゆだ》ねながら、息も絶え絶えに答える。

「えらい子には、ご褒美《ほうび》をあげなきゃな」

そう言って、芳賀くんは腰を支えていた手のうち、片方をわたしと彼が接触している部分へと滑《すべ》らせる。そして。

「ぁあっ——！　だめ、それっ！」

指先を、硬く腫《は》れた敏感な突起に押し付けて、もうひとつ大きな快感を与えてきた。

「だめじゃないだろ。気持ちいい、だろ。嘘つくなよ」

「やぁ、だめなのっ、それっ！」

ただでさえ、どうにかなりそうだったのに——目も眩《くら》むような刺激をさらに足されたら！

「だめになった那月、見てみたい。見せてよ」

「やぁあっ……ぁあっ、んんっ！」

彼はわたしの膣内《なか》を往復しながら、突起を弄《いじ》る手を止めない。それどころか、指先の動きを弾くような素早いものにしてくる。

「おねがっ——それ以上はっ、だめなのっ、無理っ！」

これだけ懇願《こんがん》しても、芳賀くんはわたしを許してはくれない。

本当にだめっ——何か大きな波が、わたしを呑みこもうと迫って来るっ！

「ぁあああっ！」

程なくして、わたしは甲高い声を上げて果ててしまった。

彼は一度動きを止めて、自身を引き抜くと、脱力するわたしを抱き留めて額《ひたい》にキスを落とす。

「気持ちよくイけた？」

「っ……」

その問いに、頷《うなず》いて返事をする。

「――でも俺、まだイってないから。もうすこしだけ付き合ってな？」

彼は悪戯《いたずら》っぽくそう言うと、足を投げ出して床に座り、首元にわたしを抱き付かせるようにして、その上に座らせる。

頭の中がからっぽになっていたわたしは、彼に従うだけだった。

「やっぱり、那月の顔を見ながらしたい」

「んっあんんっ!!」

絶頂に達したばかりの身体に、硬く張りつめた彼自身が、再び挿入《はい》ってくる。

蜜《みつ》にまみれたその部分は、難なく彼を呑みこんだけれど、膣内はやはり神経が鋭くなっている。

わたしは、彼の一突き一突きに悲鳴みたいな喘《あえ》ぎをこぼしながら、強すぎる快感を享受した。

「那月っ、那月――」

「は、がくんっ！」

わたしたちは、夢中で互いの唇を貪《むさぼ》り合った。

下からの突き上げに合わせて、彼の舌を自分のそれで掬《すく》って吸い立てたり、唇を甘噛みしたりする。

唇と下肢が連動しているみたいに、片方の刺激が加わると、もう片方の刺激も増すような気さえした。

「もう、出そうだっ。……出していい？」

「うんっ、いいよ、出してっ！」

キスの合間に、掠《かす》れた声で芳賀くんが訊《たず》ねる。わたしは、頷《うなず》きを返してから、また彼の唇にむしゃぶりついた。

愛してる。もっともっと、彼と一緒に、気持ちよくなりたい！

「那月っ、好きだ」

「芳賀くん、好きっ！」

彼は声を詰まらせてから、自身を引き抜くと、わたしのお腹に白い精を放った。同時に、わたしにも二回目の絶頂が訪れる。

「はぁっ……」

温かな液体が、わたしの肌の上を滑《すべ》って、おへその窪《くぼ》みや下肢へと滴《したた》り落ちていく。

絶頂の余韻が残る中、わたしと芳賀くんはもう一度、唇が触れるだけのキスをした。

「いっぱい汚しちゃったな。ごめん」

「……せっかく身体洗ったのに、もう一回シャワー浴びなきゃだね」

わたしが笑いながら言うと、芳賀くんは、汗なのか水滴なのかわからない水分を切るみたいに軽く頭を振り、

「またしたくなったらどうする？」

と、ふざけて言い返してくる。

「――そしたら、またしたらいいか」

「……芳賀くんったら」

彼にはそう窘《たしな》めつつ、それも悪くないかも――なんて思い、わたしたちは再びシャワーの蛇口を捻《ひね》った。

上演後の恋人たち

「那月。こっち来て」

俺が言うと、彼女は恥ずかしそうに頬を赤く染めながら、ベッドに潜《もぐ》り込んでくる。

シャワーのあと、ドライヤーで乾ききらなかった柔らかな髪から、ほんのりと甘い果物の香りが漂《ただよ》ってきた。香水などを纏《まと》うことのない彼女と寄り添うときに、いつも感じる香りだ。

「あ――」

那月はハッと思い出したみたいに声を上げた。

「電気、消さなきゃ」

「いいよそんなの」

俺が言うと、彼女は「でも」と首を横に振る。

那月が人一倍恥ずかしがり屋だというのは、よく知っている。

姉の陽希が愛用しているような、シルエットのわかりやすいワンピースも似合う体型なのに、その身体を自分以外の誰かに見られることに酷《ひど》く抵抗があるらしい。たとえそれが、恋人の俺であっても。

……俺が初めての彼氏だというのだから、そう思うのも仕方ないか。

「電気つけたままっていうのが、燃えるんだろ？」

耳元で囁《ささや》くと那月は、湯上りだからなんてことを理由にできないくらいに、赤かった顔をさらに紅潮させた。

「ゆ、許してよ。わたし、やっぱり恥ずかしい」

「許さない。那月の身体、よく見せて」

「……またそうやって、意地悪言って」

しぶしぶといった様子で那月が呟くと、硬くなっていた彼女の身体からふっと力が抜けるのがわかった。

「那月」

それをOKのサインとみなして、後頭部を抱え、キスをする。

仰向けに寝た状態の俺に覆い被さるような体勢の那月は、ベッドのシーツに手をついて、小さく呻《うめ》きながらキスに応じる。

「んっ……」

薄く開いた唇から覗く桜色の舌は柔らかく、甘い。それを吸い立て、彼女の口腔《こうこう》を犯していく。

その傍《かたわ》ら、右手は彼女の胸元を探り、パジャマのボタンを上から順に外していく。

俺の家で泊まるときのために——と、那月が用意した、極々シンプルな長袖と、ズボンのセットアップ。色はライトブルーだ。

『女性ものならピンクにすれば』と提案したけれど、『ピンクは自分には可愛すぎるから、水色にする』なんて言っていた。

シャツを脱がし、俺の乾いた指先が辿り着いたのは、すべすべとした柔らかなふたつの膨らみ。その感触を楽しむかのように、片側を掴んで、優しく揉みしだいてみる。

「ぁあっ……」

「エロい声。すごくそそる」

熱っぽい吐息を耳にすると、官能が煽《あお》られる。

もっと可愛い声で啼《な》かせてやりたい。そんな気持ちで、胸の先を二本の指でそっと摘《つま》んだ。

「んんっ！」

敏感な部分を直に触れられて、彼女の唇からは、おどろきにも似た声がこぼれる。

「気持ちいい？」

「……知らない」

訊《き》かなくてもわかるだろうと言いたげな那月の物言いに、小さく笑った。

「教えろよ、那月。……こんな風にすると、気持ちいいのか？」

「あっ――」

今度は、先ほどよりもすこしだけ強い力で頂《いただき》を摘む。

高い声を上げる彼女の反応に満足しながら、親指の腹で押し潰すように刺激する。

「先、尖ってきた」

指の腹で擦《こす》れた胸の先が、むくむくと頭をもたげる。

より神経が鋭敏になっているその部分への刺激に、彼女はより甘い声を出して、びくっと背をしならせる。

「ここ、やっぱり気持ちいいんだろ？」

「あっ、んっ」

「違うの？」

俺は昔から、好きな子を虐《いじ》めてしまうタイプだった。

だから大人になった今でも、那月が好きだからこそ、彼女のそういう顔を見たいと思ってしまう。

「――ほら教えて」

言うか言わないかの狭間で戸惑う彼女への最後のひと押しとして、俺は彼女の身体の下に潜《もぐ》りこみ、重力に従って床を見つめる胸の先を口に含んだ。

「やぁっ」

硬くなった頂を、舌で味わうように丁寧に転がす。

味はもちろんしないけれど、バスルームに置いてある、ボディソープの清潔感ある香りが鼻をくすぐる。

「違わないっ……」

ようやく観念したらしい。

「気持ちいいっ。芳賀くんに、そんな風にされるとっ……」

「よく言えました」

「ん、はぁっ！」

俺はご褒美《ほうび》として、もう片側の胸の先も、同様に愛撫する。

ちゅっと音を立てて吸い上げ、舌先の凹凸を擦《こす》り付けるようにして舐め上げてから、口を離して、視線を那月の顔に向ける。

早くも快楽に蕩《とろ》けそうなその表情に、背筋にゾクリとした快感が駆け抜ける。

「そんなに感じてるなら、下なんかもっと大変そうだな」

彼女の反応を待たずにズボンを下ろして、下着のクロッチの部分に触れてみる。

「やっぱり」

「だ、だってっ、芳賀くんがっ」

「俺が、何？」

意地悪く訊《たず》ねながら、下着も下ろして、ズボンとまとめてベッドの下に落とした。

「芳賀くん……が、……するから」

「何をするって？」

羞恥《しゅうち》のためか、那月の声はよく聞こえない。それを面白がって、俺はさらに質問を重ねる。

「は……芳賀くん、がっ……き、気持ちよく……するからっ」

勇気を出して精一杯音にした、といった言い方に、口元が綻ぶ。

那月と身体を重ねるのは、もう何度目だろうか。

もうすぐ付き合って半年になるというのに、彼女はこういう新鮮な反応を見せてくる。それがたまらなくいとおしい。

「今から、もっと気持ちよくするから」

「え？　……あっ！」

俺は那月の腰を持ち上げ、自分の顔を跨《また》がせた。そして腰を掴んでいた手を太腿《ふともも》に滑《すべ》らせて、剥《む》き出しになった秘所にキスをする。

彼女自身から湧いてきた蜜《みつ》を舐めとるように、舌先を動かした。

「やぁっ！」

びくん、と那月の腰が大きく震えた。

最も感じやすい場所を刺激されて、思わず体重を支えていた手の力が抜けたらしい。那月が前のめりに上体を倒した。

「舐めきれないくらいに、溢れてきてる」

舌先で入り口の縁《ふち》をなぞりつつ、滴《したた》る蜜を受け止め、啜《すす》る。

音を立ててやると、羞恥を煽《あお》られ、それすらも刺激の一部となるのだろう。消え入りそうな声で「やめてぇっ」なんて言い出す。

「やめられたら困るくせに」

俺は笑って呟きながら、秘所にある、最も敏感な粒を探して舌で突いた。

「んんんっ!!」

今までとは違う、激しい反応。下腹部に走る強い刺激から逃れようとするのを、そうはさせまいとばかりに引き寄せる。

「逃げようとするなよ」

「だって――ぁあっ！」

何か言い訳をしようとしたのを、愛撫で黙らせる。皮を剥《む》いて、刺激に弱いその部分を唇で軽く挟んだり、吸い付いたりした。

彼女は腰をビクつかせながら、衝撃的かつ官能的なその感覚に酔いしれている。

「ここに欲しい？」

ここ、と、人差し指で秘所の入り口をタップする。

「う、んっ……」

微《かす》かに、頷《うなず》く声が聞こえた。自分の欲求に素直になりはじめたのは、快楽に流されているからだろう。

「何が欲しい？」

「えっ？」

「だから、ここ。何が欲しいのか、言ってみろよ」

「……っ」

顔を見るまでもなく、那月が動揺しているのがわかった。

いくら快感の熱に浮かされているからといって、それをはっきり口にするのは憚《はばか》られるのだろう。

「ほら、早く」

「い、言えないよっ」

俺が急《せ》かすと、那月は泣きそうな声で言った。

彼女の腰から背中へと手を滑《すべ》らせながら、彼女に自分の身体を跨《また》がせ向かい合って抱き合う形でその顔を覗き込む。

思った通り。道に迷って不安がる子供のような、頼りない表情をしている。

「言わないとあげないよ？」

「そんなぁっ……」

那月の表情が、俺の加虐心《かぎゃくしん》を煽《あお》る。

「俺の耳元でいいから……教えて」

「っ……」

できる限り優しい口調で促《うなが》すと、那月は唇を噛んだり、視線を彷徨《さまよ》わせたりと、迷うような素振りを見せながらも、俺の耳に唇を寄せる。

そして、俺が望んだ通りの言葉を、至極言い辛そうに口にした。

「よくできました」

「もう、恥ずかしくて死にそうっ」

彼女の口からその言葉を引き出したことと、彼女の情けなそうな表情とで、身体中の血が沸騰《ふっとう》しそうなくらいに気が高ぶっている。

いとおしい彼女の、その表情をもっと見たい。

「今日は、那月が上になって」

「……う、え？」

最初、あまり意味が伝わっていないようだったけれど、内容を理解すると、

「そ、そんなのっ、無理だよ」

と、案の定のリアクションが返ってくる。

こんな体勢でなんて初めてだから、戸惑っているんだろう。

「何も難しいことなんてない。普段と位置が逆になるだけだから」

「で、でもっ」

いやに抵抗する彼女に、膝立ちになるように指示をした。

その間に俺は、自身のパジャマの上下と、ボクサーパンツとを脱ぐ。

俺自身は、これから見ることができるであろう彼女の痴態《ちたい》を想像して、もう準備が整ってしまっていた。それは彼女も一目で理解したようで、ため息まじりに呟く。

「すごい……もう、こんなっ」

「那月が可愛い反応するせいだからな」

俺がからかうように言うと、彼女はまんざらでもなさそうな表情を浮かべた。

「俺の、自分で宛てがってみて」

「っ……」

那月が指示されるままに、怖々と俺自身に触れる。

すでに高ぶっている俺は、彼女の指の感触にさえも反応してしまう。ぶるんと震え、よりいっそう質量が増すのを感じた。

ベッドサイドから避妊具のパッケージをひとつ取って、中身を取り出す。

そして、ほんのすこしヌルヌルとしたゴム製のそれを、自身に手早く被せていく。

「腰落として――。俺のも濡らしておかないと、挿《い》れるときに痛いかも」

「う、うんっ」

ベッドマットに着いた膝を曲げて、那月の秘所と俺自身が密着する。

彼女から溢れる蜜《みつ》を俺自身にまぶし付けるときに、彼女の窪《くぼ》みと自身の表面が擦《こす》れて、たまらない感覚に陥《おちい》った。

このまま、俺の手で那月を貫いてしまいたい。でも、それではだめだ。

那月の手で、俺を彼女の中に導いてもらわなければ。

「じゃ、じゃあ、挿れるねっ……?」

自分からするのは、やはり不安らしい。那月は気弱な声で呟くと、根元の部分を、添えた指先で支えた。そして俺の切っ先に入り口の部分をぴったりと宛てる。

それから、俺自身を呑みこんでいくように、ゆっくりと腰を落としていく。

「んんんっ！」

我慢したけれどもれてしまった、という声が、色っぽかった。

潤《うるお》いを纏《まと》っていた彼女の膣内《なか》に呑みこまれた俺の先端は、彼女自身の重みも手伝ってか、より深いところまで届いているようだった。

「いつもと違うところに当たってる感じ？」

那月は、呼吸を整えながら何度か首を縦に振った。

「気持ちいい？」

さらに訊《たず》ねると、彼女はまた首を縦に振る。

羞恥《しゅうち》よりも快楽が勝ってしまえば、こちらのものだ。

「すこしずつでいいから、動いてみて」

俺は更なる指示をして、彼女の反応を待った。

「う、ごくって……どうやって？」

「那月が気持ちよくなればいいから。好きに動いていいんだよ」

体重を掛けやすいように、彼女の両手を俺の腹の上に持ってきてやる。

すると彼女はぎこちなくも、上下の運動をはじめた。

「んっ、む、ずかしいっ……んんっ」

彼女は、思うように動けないもどかしさで困惑しているようだった。息を乱し、一生懸命に律動を続ける。

「前に体重を掛けるとやり辛いなら、うしろに掛けてみる?」

なんて提案をしながら、俺は彼女の腰骨に両手を添える。彼女には両手を俺の太腿《ふともも》の上に突くよう指示をした。

「こっちのほうが——いい、かもっ……」

「ん、俺もこっちのほうがいいや」

「……気持ちいい?」

「いや、それもあるけど」

俺は敢《あ》えてニッと笑ってみせた。

「このアングルだと、那月の恥ずかしいところがよく見えると思って」

「っ!!」

那月は気付いていなかったようだけれど、この体勢だと、俺の位置から結合部が丸見えなのだ。

彼女は慌てて脚を閉じようとするが、それは何の意味も成さない。

「那月のここが、俺を美味《おい》しそうに咥《くわ》えてるところ。よく見えてるよ」

「やぁあっ」

身もだえる那月の表情を見ていると、もっと虐《いじ》めてやりたくなった。

俺は彼女の腰を掴んだ手に力をこめて、抽送《ちゅうそう》を開始する。

「あっ、んああっ! 待って、芳賀くんっ、あぁっ!」

その声に耳を貸さず、彼女の膣内を貪《むさぼ》るように犯していく。

「だめ、そんなに強くっ——やぁあっ！」

「だめ、じゃないだろ。嘘つくなよ、こんなにここから涎垂《よだれ》らしておいて」

「……っ！」

下から腰を打ち付けながら、片手で敏感な粒を弄《いじ》って、擦《こす》ってやる。

すると、那月はいやいやをするように首を横に激しく振った。

「ここ、はち切れそうなくらい膨らんでる。そんなにイイんだ？」

「んっ、はぁっ……んんっ！」

俺の声が聞こえていないのかもしれない、というくらいに、那月は乱れている。とどめとばかりに、彼女の太腿《ふともも》を大きく割り開き、腰を突き入れた。

「ぁあっ！」

「那月、俺のこと好き？」

彼女の膣内《なか》を味わいながら訊《たず》ねる。

「うんっ」

髪を振り乱しながら、彼女が答えた。

「大好きっ。わ、わたしっ、芳賀くんのこと、誰よりも好きっ！」

「俺もだよ」

俺の上で、切なげに愛の言葉を紡《つむ》ぐ那月が、いとおしくてたまらなかった。

徐々に抽送《ちゅうそう》のスピードを上げて、彼女に絶頂への階段を駆け上がらせていく。

「芳賀くんっ、もうっ！」

限界が迫っていることを知らせる声を聞き、俺も自身の快楽の箍《たが》を外した。

絶頂感に身を任せ、熱い塊《かたまり》をがむしゃらに突き立てて――そして。

「那月、イくっ！」

「芳賀くんっ――ぁあああっ！」

俺たちは、タイミングを推し測ったように、ともに果てた。

息をするのも忘れるような快感が通りすぎると、彼女の身体から自身を引き抜き、まず避妊具を処理する。

それから、枕もとにあったディッシュペーパーで、彼女の秘所を清めてやる。

「大丈夫か？」

「……ん、大丈夫」

はぁはぁと荒く呼吸を繰り返す那月に声を掛けると、彼女はこくんと頷《うなず》きを返してきた。

ベッドの下に放った衣類を拾い上げ、互いに身に着けたあと、俺たちは再びベッドに入った。

「……もう、芳賀くんってば」

「ん？」

俺のとなりで、那月が不服そうに口を尖らせた。

「……恥ずかしかったんだから」

聞き取れないくらいの微《かす》かな声。

「でも、気持ちよかっただろ?」

「っ!」

「ほら、やっぱり」

「……芳賀くん、本当に意地悪だよねっ」

那月はきまり悪そうに、反対側を向いてしまった。

「事実を言ったまでだろ」

子供っぽい反応に、笑い声がこぼれた。

「……那月?」

反応がない。おや、と思っていると、すぐにすやすやと穏やかな寝息が聞こえてきた。

……もう寝たのか。今夜はすこし、疲れさせてしまったか。

俺はつやつやした彼女の髪をなでながら、この瞬間をとてもいとおしく、大切なものであると噛み締めていた。

高校を卒業して、もう二度と会うこともなかったはずの俺たちが、ひょんなことから付き合いはじめ、婚約までして、ひとつのベッドで寝ている。

不思議でたまらなかった。高校のときに気になっていた女の子と、こうなれる日が来たことが。

俺は彼女を起こさぬように、注意を払ってベッドを出ると、部屋の灯りを消した。そしてまた、彼女の眠るベッドへと戻る。

「おやすみ、那月」

再びシーツにくるまると、俺は愛しい人の名前を呼んで、目を閉じた。

◆　◇　◆

季節は秋。俺と那月が付き合いはじめて、半年が経とうとしていた。

そして、彼女にプロポーズしてからは、二か月が経過している。

このまま一直線に話を進めてしまっても俺は構わないのだけれど、恋愛自体がほぼ未経験の彼女にとってはジェットコースター状態だったようで、もうすこし時間が欲しいと言われた。

つまり、俺と付き合っているということを実感するまで待ってほしい、と。

本音を言えば、急な海外転勤もあり得る仕事だし、早く身を固めてしまいたい気持ちもあったけれど、それは俺の都合にすぎない。

結婚は、ふたりの意思が揃っていなければ成り立たないものだというのは、よくわかっているつもりだ。

那月が今の状況に慣れて、本当の意味で俺との結婚を望んでくれるその日まで、もうすこし待ってみようと思う。

まだ恋人同士での思い出だって少なすぎるし、焦ることはない。彼女と過ごす時間が逃げていくわけでも、失われるわけでもないのだから。

とはいえ。平日は互いの仕事でなかなか会えない彼女と、せめて一緒に暮らしてみたいという思いはあった。

そうすることで、お互い結婚へのイメージも湧きやすいだろうし、何より一緒にいられる時間が増える。

……タイミングがなくて、それを彼女本人に伝える機会は得られていないのだけど。


そんな十一月のある日。高校時代のクラスメートから連絡があった。

ソイツの名前は、北原勇士《きたはらゆうじ》。高校の二、三年で同じクラスだった親友だ。

北原は高校卒業後、京都にある某有名国立大学に進学した。そのまま京都に本社を構える電機メーカーに就職したけれど、この春、東京支社に転勤になったらしい。久々に会って飲もうという話になっていたのだが、互いの都合が合わずうやむやになっていた。

しかし今回、『今週末土曜の都合はどう？』とメッセージが入った。俺は『ＯＫ』と返事を入れつつも、那月のことを考えていた。

俺たちのデートは、ほとんど土曜だ。土曜に会うことが暗黙の了解になっているともいえる。

那月と北原は、高校時代に接点はあまりなかったはずだが、最後の一年は同じクラスだったわけだし、彼女を連れて行っても構わない気がした。

そこで、俺は続けて那月を連れて行ってもいいか、訊《き》いてみた。

北原は那月のことをあまり覚えていない様子だったが、ノリのいい奴らしく、『じゃあ俺も雪村《ゆきむら》を連れていけばちょうどいいかな』なんて返事が来た。

雪村って誰だったか——なんて訊こうとして、ふっと顔が思い浮かんだ。

雪村瑠美《るみ》も、高校三年生のときのクラスメートだ。

吹奏楽部で、休み時間はいつも練習のため音楽室にいたから、あまり話したことはない。

けれど、頭がよくて授業中の指名にも堂々と回答している姿が印象的だった。

そんな優秀な雪村も、北原と同じ大学に進学したんだったっけ。

当時はあまり話している姿を見掛けなかったけれど、同じ高校出身ということで、ふたりの間に交流が生まれたのかもしれない。

そうして、俺たちは四人で会うことになったのだった。


飲み会の場所は、俺と那月が初めて飲みに行ったハワイアンバー。

「ほい、それじゃあ乾杯！」

「かんぱーい」

四つのグラスがテーブルの中央で涼しい音を立てる。

音頭をとった北原に、雪村が合いの手を入れる形で乾杯をし、それぞれのグラスに口をつける。

俺と北原はビール。那月はいつものカシスオレンジで、雪村はハイボールだ。

それぞれ、最初の一口を美味《うま》そうに嚥下《えんげ》したあと、俺の向かいに座る北原が口を開いた。

「いやー、会おう会おうって言いながら、ずっと延び延びになってたもんな。ホント、芳賀に会えてよかったわ」

言いながら、北原は人の好《よ》さそうな笑みを浮かべる。北原は、高校時代とほとんど変わっていなかった。

こなれたウルフカットヘアや、女子みたいに綺麗《きれい》な肌、赤と黒のブロックチェックのシャツにカーキのワークパンツという装《よそお》いを見るだけでも、普段はスーツを着てオフィスワークをしているなんて想像できない。

「そうだったよな。俺もやっと実現して嬉しいよ」

「芳賀ってば忙しいんだもん。やっぱ商社って大変なんだろうな〜」

「忙しいのはお互いさまだろ」

頭の後ろで手を組んでため息をついてみせる姿に、笑って突っ込む。北原だって、何だかんだ忙しくしているくせして。

「雪村は今何してるの？」

俺は、北原のとなりでニコニコと笑う彼女に話を振った。

「うん、塾講師の仕事をね」

「講師？　へえ、すごいじゃん。今日の服装も、先生って感じだし」

雪村は、今日も授業のあとなのか、講師然とした格好をしている。

黒く長い髪をポニーテールにし、服装は白いブラウスに黒のタイトスカートという、シンプルかつカチッとした印象だ。

そこで北原が割って入って、

「つーか、妙にコスプレっぽいんだよな。女教師のコスプレ」

なんて軽口を叩いた。

「コスプレじゃないよ。勤務規定でこういう格好してるんだから、しょうがないでしょ」

からかわれた雪村が、不服そうに口を尖らせる。

「平野さんは、今何してるの？」

北原の失礼な発言に立腹していた雪村が、気を取り直したように那月に訊《たず》ねた。

「あ、わたしは……」

それまでひたすら聞き役だった彼女が、ようやく言葉を発した。

「家の近くの花屋で働いてるの」

「そうなんだ、いい――」

「へー、花屋か。イメージに合うね」

頷《うなず》く雪村に被せて、再び北原が割って入る。

「平野みたいな店員さんがいたら、俺も花買いに行っちゃうなー。渡す相手なんていないけど〜」

「そんなこと……」

那月が照れた様子で、首を横に振って謙遜《けんそん》する。

自分の彼女を褒められるのは悪い気はしないが、同時に、興味を持たれては困るという気持ちが生じてしまう。たとえそれが、親友であっても。

そういえば、俺と那月が付き合っていることを、まだ北原に伝えていなかった。

知られては困るとかじゃないけれど、こういう話は、どのタイミングで切り出すべきなのか悩む。

恋愛話を自分からしない俺が、那月と付き合っているどころか婚約までした——なんてことを知れば、北原は延々、そこを突いてくるに違いない。久しぶりに会う友人に、それはなんとなく気恥ずかしかった。

「北原、今彼女いないの？」

俺は那月から話題を遠ざけるようにして、北原に訊《たず》ねた。

「んー、いないんだな、これが。こんなにいい男なのにな〜」

「誰がいい男よ」

ふん、と鼻を鳴らしながら、雪村が言う。

まるで、さっきのお返しといわんばかりの嫌味《いやみ》な口調だったが、それにもめげず、北原は肩を竦《すく》める。

「オレのよさがわからないなんて、可哀想なヤツ」

「可哀想で結構」

雪村が、負けじと舌を出して応戦する。

……このふたり、いったいどういう仲なんだ？

「雪村は、彼氏は？」

「私？　私は――」

「コイツね、大学時代に別れたっきりだから、もう四年くらいいないの！」

「こら、北原っ！」

またも北原が割って入った。しかも、とびきり嬉しそうに。

「こんな風に性格キッツいからさー、男が逃げて行っちゃうんだよね～。もっとおしとやか～にしてればいいのにさ。平野みたいに」

「キツくて悪かったわね。怒らせること言うほうが悪いんでしょ！」

「まあまあ、落ち着けよ」

会話を和《なご》やかな方向に持っていこうとしたつもりが、逆効果になってしまった。

それにしても、わざと雪村を怒らせているようにさえも見える北原の行動が、どうにも理解できない。

高校時代のコイツは、こんな風に人の神経を逆なでするようなコミュニケーションは取らなかったはずだ。

相手によって、あざとくならない程度に口調や言葉尻を変えたりして、どんな人間ともある程度は仲良くなれるタイプだったはず。

そんな北原が、おそらく付き合いの長いだろう雪村の怒りの沸点を計れないとは、到底思えない。

だとすると、コイツは敢《あ》えてそういう態度を取っている、ということになる。

……なぜだ？

俺が色々考えていると、雪村がトイレに立った。北原はこれ幸いとばかりにさっきまで雪村が座っていた席に移動し、向かい側の那月と話しはじめる。

「平野はなんで花屋に就職したの？」

「あの……静かな環境で働きたくて。人が多いところとか、苦手で」

「そうなんだ。大人数でワイワイ騒ぐのも、楽しくていいじゃん」

「うーん……そういうところ、慣れてないの。緊張しちゃって」

「リラックスして楽しめばいーじゃん。オレ、何なら協力するよ」

なんとなくイライラした気分のまま、俺もトイレへと席を立った。


再び四人そろってからは、表面的には至って平和に過ごすことができた。

が、その穏やかな流れとは相反して、俺の感情には澱《おり》のようなものが蓄積されたままだった。

北原の、那月への態度。そして、雪村へのそれ。

何かがおかしい……

「お疲れさま。また飲もうぜ」

「またな」

店を出て、それぞれ別れの言葉を交わすその途中、

「平野、また近いうちにな」

北原が那月に声を掛けた。雪村の目の前で、やけに那月に親しげに振る舞っている。

これは――

「北原」

俺は踵《きびす》を返した北原を呼び止める。すると、横にいた雪村もこちらを振り返った。

「言ってなかったけど――那月は俺の彼女だから。手出すのはナシな」

「ええっ？」

俺の突然の告白に、北原はおどろいてはいるようだが、ショックを受けている様子はない。

やはりそうか。

「それと――お前のこと、真剣に想ってるヤツがそんなに近くにいるんだから。茶化さないでちゃんと向き合ってやれよ」

俺は雪村に目配せをすると、那月に「行くぞ」と声を掛け、彼らを残し歩き出した。

しばらくして、横を歩く彼女がおもむろに、

「……芳賀くん、どうしたの？」

と訊《たず》ねてきた。

「何が？」

「芳賀くん、飲み会の途中から色々考えこんでるみたいな感じがしたから。結構、黙ってることが多い気もして。それに、別れ際に、わたしと付き合ってることとか、急に言ったし」

なるべく表に出さないようにしていたつもりが、態度に出てしまっていたらしい。

「ああ……。アイツら、お互い同じことで悩んでるような気がしてな」

「……？　どういうこと？」

「俺がトイレに行ったとき、雪村をチラッと見掛けたんだ。なんだか泣いているように見えてさ」

「えっ、そうなの⁉」

「ああ。で、北原も何か変だったし。だからあのふたり、もしかして互いに想ってるのに素直になれずにいるのかなと思って。最後にきっかけでも作れればって、ああ言ったわけ」

「……そうだったんだ」

妙に納得したような感じで、那月がうんうんと頷《うなず》いている。それから、彼女はすこし黙りこんだ。

「――ねえ、芳賀くん。ひとつ訊《き》いてもいい？」

胸の前で指を組んで、その手をもじもじと遊ばせながら、那月が切り出す。

「もしかして……もしかして、なんだけど。間違ってたらごめんね」

「どうした？」

念を入れる彼女に笑って促《うなが》す。彼女は何が恥ずかしいのか、視線を俯《うつむ》けて続ける。

「もしかして……芳賀くんがすこし考えこんでて――その、ちょっと機嫌悪いように見えてたのは……北原くんにヤキモチ妬《や》いてたからなのかなあって」

「っ……」

図星を突かれて言葉に詰まった。

……そうだ。実際のところ、俺は大人げなく、北原にヤキモチを妬いていたのだ。

そんな風に真っ向から訊《たず》ねられるなんて、思ってもみなかったけれど。

「……違う？」

「いや、那月の言う通りだよ」

俺は照れくささから、彼女の顔を見られないままに答えた。

「北原が那月に積極的に話し掛けるのが、面白くなかったんだ。……いや、仲良くする分には構わないし、むしろ元クラスメートだし楽しく過ごせれば那月のためにもなるし――なんだけど」

でもそれは、あくまで友達としての話であって。

俺は小さく息を吸い込んで続けた。

「頭でそう納得しようとしても、気持ちは納得できなくて戸惑ったっていうか……。那月も、俺と付き合ってるって北原に話せばいいのに、って思ったりもして。モヤモヤしたんだよな。ごめん」

たとえ演技だとしても、いかにも女としての那月を狙っていますなんて態度を示されたら、彼氏である俺としては、気が気じゃなくなるのだ。

そのときにパートナーが俺であることを明かさなかったのも、もしかして北原に心を持っていかれそうになっているんじゃ？

――なんて考えてしまったりして。

那月のことが好きだからゆえではあるけれど、すこしでも疑ってしまった自分にウンザリだ。

「どうして謝るの？」

那月がさらに訊ねる。

「だって、それでひとりでモヤモヤして、那月に嫌な思いさせてたわけだろ」

無意識とはいえ、態度に出てしまっていたんだ。彼女の気分を害していたのだと思うと、申し訳ない。

「わたし、嫌な思いなんてしてないよ」

優しい声音で那月が言った。

そして、どういうわけか目尻を下げ、ニコニコと笑っている。

「何で笑ってるんだ？」

「うん、なんだか嬉しかったの」

「……嬉しい？」

「うん。芳賀くん、お友達のことを考えられて優しい人だなって思ったら、なんだか嬉しくなっちゃって。それに——ヤキモチ、妬いてくれたんでしょ？」

俺は思わず、那月を抱きしめていた。

「は、芳賀くん？」

腕の中の那月が、あたふたしながら声をあげる。

「ま——周りの人、こっち見てるよ？」

「そんなの、どうでもいい」

周りのヤツらの目なんてどうでもいい。俺は彼女をきつく抱きしめて、笑みまじりに応《こた》える。

「……そんな可愛いこと言われるなんて思ってもみなかった。反則だよ」

那月の髪から、ふわりと彼女の匂いが漂《ただよ》う。

たまらなくなって、俺はそのまま、彼女の唇に自分のそれを重ねた。

時間にして一秒にも満たないくらいの、スタンプを押すみたいな短いキス。十一月の夜風が、那月の温もりが僅《わず》かに移った唇をなでていく。

「は、芳賀くんっ」

「俺は、那月が思ってる以上に、那月のことが好きだよ」

互いの鼻先が触れそうな位置で囁《ささや》く。

こんなに誰かを愛しいと思ったのは、生まれて初めてかもしれない。

抱きしめて、キスができる距離にいるのに、もっと傍《そば》にいたい、もっと触れていたいと思う。

――これから先も、ずっと。

「那月」

「うん?」

「……一緒に暮らそうか」

俺は、ずっと心の中に秘めていたけれど、なかなか告げることのできなかった言葉を、那月に伝えた。

「一緒、に?」

「そう。俺、もっと那月と一緒にいる時間を増やしたい。……ダメか?」

奥手な那月には、まだ急すぎる提案かとも思ったけれど、自分の気持ちに嘘はつけなかった。

夜眠るとき、朝目覚めるときに、彼女に傍にいてほしい。それだけで、日々を楽しくも安らかな気持ちで過ごすことができる。

彼女は、最初こそ目を瞠《みは》っていたけれど、すぐに、

「……ダメ、じゃないよ」

と、はにかんだ笑顔で応《こた》えてくれた。

「わたしも、芳賀くんともっと一緒にいたい。……一緒に、いさせてほしい」

俺は彼女の台詞《せりふ》を聞き、もう一度彼女の唇にキスをした。

小日向江麻（こひなたえま）
東京都在住。2004年よりWebサイト「*polish*」にてichigo名義で恋愛小説を公開。「マイ・フェア・プレジデント」にて出版デビューに至る。

HP「*polish*」
http://www.polish.sakura.ne.jp/

イラスト：ICA

恋《こい》の代役《だいやく》、おことわり！

小日向江麻（こひなたえま）

2016年 2月 29日初版発行

編集ー城間順子・羽藤瞳
編集長ー塙綾子
発行者ー梶本雄介
発行所ー株式会社アルファポリス
〒150-6005 東京都渋谷区恵比寿4-20-3 恵比寿ガーデンプレイスタワー5F
TEL 03-6277-1601（営業） 03-6277-1602（編集）
URL http://www.alphapolis.co.jp/
発売元ー株式会社星雲社
〒112-0012東京都文京区大塚3-21-10
TEL 03-3947-1021
装丁イラストーICA
装丁デザインーansyyqdesign
印刷ー大日本印刷株式会社

価格はカバーに表示されてあります。
落丁乱丁の場合はアルファポリスまでご連絡ください。
送料は小社負担でお取り替えします。

ISBN978-4-434-21690-9 C0093